森岡貞香の秀歌

花山多佳子

砂子屋書房

森岡貞香の秀歌　＊目次

装本・倉本　修

森岡貞香の秀歌

序——はじめに

森岡貞香は大正五年に生まれ、平成二十一年一月に九十三歳でなくなった。遺歌集を含めて十一冊の歌集が出版されている。

『白蛾』　一九五三年（昭和二八年）三十七歳
『未知』　一九五六年（昭和三一年）四〇歳
『甃』　一九六四年（昭和三九年）四十八歳
『珊瑚數珠』　一九八七年（昭和五三年）六十一歳
『黛樹』　一九八七年（昭和六二年）七十一歳
『百乳文』　一九九一年（平成三年）　七十五歳

『夏至』　二〇〇〇年（平成一二年）八十四歳
『敷妙』　二〇〇一年（平成一三年）八十五歳
『九夜八日』　二〇一〇年（平成二二年）遺歌集　森岡璋編
『少時』　二〇一〇年（平成二二年）遺歌集　森岡璋編
『帯紅』　二〇一一年（平成二三年）遺歌集　森岡璋編

昭和二十一年秋から短歌を「あらたなこころの據《よりど》として」考えるようになった、と森岡は『白蛾』のあとがきに記している。復員してきた夫がこの年の春に急逝し、幼子と戦後を生きていかねばならない、それが短歌の出発にもなったのである。夫君をなくさなかったらどうでしたか、と訊くと、森岡さんはきっぱりと「やってませんでしたね」と答えるのであった。拍子抜けするほど明快なのである。森岡さんの中で、夫の死、そして敗戦が自分の短歌の起点であった、という意識は絶対的であった。それは、終生変わることがなかった。

境涯をきっかけとして短歌をつくる人は多い。特にこの時期、戦争未亡人は全国にあふれ、昭和二十四年には全国未亡人の短歌・手記を集めた『この果てに君あるごとく』も出版されている。短歌がこころの拠だったのは多くの人に共通だった。しかし、拠であるだけなら、境涯の変化とともに動機を失っていく。森岡貞香のように、そののちも短歌表現を先鋭的に模索し、類のない独自な文体を切り拓いていった歌人はめずらしい。

昭和二十八年に出た第一歌集『白蛾』は、戦後の女性が出した初めての第一歌集であった。境涯の切実さとともに、その身体感覚、実存感覚の突出、そして混沌は、まさに戦後的といえる。短歌的心情も短歌定型も戦後の森岡にとって所与のものではなくなっていた。『白蛾』は、その後の女流興隆時代の先がけとなった歌集であるとか、中城ふみ子らに影響を与えた、といったことで短歌史に位置づけられることが多い。しかし私は、『白蛾』自体を、敗戦後をもっとも突きつめた実存的な歌集として位置づけたいのである。そうして初めて、後の森岡作品の軌跡が見えてくるように思う。

私が森岡貞香の作品に出会い、関心を持ったのは第五歌集の『黛樹』、それに続く『百乳文』あたりの後半期である。森岡短歌の達成というべきものが『百乳文』には丈高く表れていて、多くの読者の注目するところとなった。日常の何でもないことをうたいながら、言葉と辞がふかしぎに動き、意識の在りようとしての時間と空間の奥行きを創出していることに驚かされる。それはある意味、現代短歌のもっともラディカルな行き方ともいえる。その方法意識はどこから来たのだろう。

定型を所与のものでなく、一首一首ことばを動かすことでかたちをつくっていく森岡さんの歌には一首一首付き合いたい。そうすることによって、実作者としてのリアルな軌跡を辿ってみたい、というのが、書くときの私の思いであった。もとより、これは論ではなく、あくまで鑑賞である。

『白蛾』

第一歌集『白蛾』は昭和二十八年に第二書房から出版された。三十七歳のときである。昭和二十一年後半から二十七年春までの作品を収録している。

「十年來そこはかとなく愛してきた短歌を、あたらしくこころの據《よりど》として考へるやうになったのは、昭和二十一年の秋でした。それは、あのいくさに敗れたのち、ながい中國派遣から還った夫の急逝に遭ひ、病弱な私が幼子を抱へて、かつてない時代の濁流に巻きこまれ、逗子の住居さへ追ひ立てられてゐたころのことです。『白蛾』はそのころから現在までの作品を集めたもので……」と「あとがき」に記している。

復員してきた夫の急逝、幼子を抱えての生活の逼迫というまさに戦後の切実な境涯から、森岡の歌は出発している。二十二年、地元の逗子で「新日光」という小雑誌を編集している尾崎孝子の誘いで、二号に「寡婦のうたへる」十首を発表した。これは、かなり注目されたようである。二十四年には「女人短歌」の創刊に参加し、巻頭作品に五首が掲載された。新人として抜擢されたわけである。その後「女人短歌」や短歌総合誌「短歌研究」などに持続的に歌を発表していくが、しだいに体調が衰える。二十六年には、胸部整形手術を受け、さらに翌年二回目の手術で肋骨七本を切除した。

その入院中に第二書房から歌集出版の申し出を受ける。歌集としてはめずらしく自費出版でなく、経済的に余裕のなかった森岡も出すことを決意した。いわゆる戦後の未亡人の切実な歌集として注目されたということはあるが、それを越えた独自な歌集として、当時も評価は高かったようである。翌二十九年一月号の「短歌研究」の書評では、「単なる生活記録というにとどまらず、混迷する戦後の一時代の中によく自己の足場を定めて、鋭ぎ澄まされた感覚をつねに自己に向け、孤独な境遇にある自己の心理的動揺をみつめて来た、きびしい自己追及の文学の好例と言える」と評価している（筆者M・L）。のちの森岡貞香の特異な表現、文体は、この第一歌集にすでに兆しを見せている。

戦後に出た女性の第一歌集としては『白蛾』がもっとも早い。翌二十九年に中城ふみ子の『乳房喪失』、三国玲子『空を指す枝』、芦田高子『内灘』、三十年には馬場あき子『早笛』、河野愛子『木の間の道』、三十一年に大西民子『まぼろしの椅子』、北沢郁子『その人を知らず』、富小路禎子『未明のしらべ』と女性の第一歌集が続々と出版されて、女性の歌が注目されていく女流興隆時代となるが、その先がけとなった歌集でもある。

うしろより母を緊めつつあまゆる汝は執拗にしてわが髪亂るる
拒みがたきわが少年の愛のしぐさ顎に手觸り來その父のごと
あまえよる子をふりほどきあひし眼のぬるめる黒眼よつと捕はれぬ
力づよく肉しまり來し少年のあまゆる重みに息づくわれは
馳せ歸り走りいでけり汝の置きし熟梅はにほひあかねさす書

『白蛾』はこの「少年」の一連からはじまる。歌集の一首目から「うしろより母を緊めつつ」と動きと乱れのある歌を置く大胆さにおどろかされる。

この五首の初出は昭和二十六年「短歌研究」の八月号「白き鯉」と題された十二首

で、やはり冒頭に置かれている。

うしろより母を緊めつつあまゆる汝は執拗にしてわが髪亂るる

一首目からおおいに破調である。五・七・七・七・八で、だんだん増えていくような調べが、いかにも執拗に緊めていく感じがする。四句まで汝が主語で、結句でわれになる。母と子がこういう動きとして歌われたことはないだろう。たいていは子への思いが一方的に歌われるわけで、歌の中で、相手がこんなに迫り出してくることはない。「執拗にして」という散文的な言い方もめずらしいがリアルである。リアルであると同時に「執拗にして」と硬い評語を差し挟んでいるために「わが髪亂るる」が、べたっと流れない。

この歌が発表された二十六年、森岡の胸の病気はすすみ、十月には手術している。身体の弱った母に全身であまえる息子の生命力。その危うさがエロスになっている。病を背景に読まなくてもいいが、わかって読んでみるとせっぱつまった息づかいにおのずと伝わってくるものがある。

拒みがたきわが少年の愛のしぐさ顎に手觸り來その父のごと

この歌は息子を「わが少年」と呼んだ初めての作品として有名である。しかし、昭和二十五年に出た葛原妙子の『橙黄』に「わが少年水汲みにゆく谷の隈樺は骨のごとくに立てり」という歌があり「わが少年」というだけなら初めてではない。この一首の中での「わが少年」が新しかったということである。「愛のしぐさ」という言い方にも驚かされる。当時の短歌雑誌を見ると「愛」という用語はかなり多く見られる。「愛の鉄鎖」「愛執」とか「相愛し」とか「愛する」という動詞も多い。戦後、流通していた言葉であろう。

この歌はそうしたフレーズから「顎に手觸り來」で、その場の生々しさが突出し、さらに「その父のごと」に「愛のしぐさ」が重なり合い「拒みがたき」に戻っていく、実に緊密な構成になっている。

中城ふみ子や、その後の女性の表現に影響を与えるフレーズ性が、こうした歌にはあったように思われる。しかし、森岡の歌の特質は言葉だけで流通しない何かが残るところである。それは、その場だけのリアルな息づかいである。

力づよく肉しまり來し少年の甘ゆる重みに息づくわれは

成長してきた少年の身体が直接に感じられる。「甘ゆる重み」と「重み」で受けたのが独特であろう。そこに「息づくわれ」の身体もまざまざと感じられるのである。この「息づく」は、重みに堪えられない病の息の苦しさがあるのだが、同時に生きている実感のよろこびがまざる。二人の生命が、夫であり父である人の死を介して、強く感覚されているのだ。

この歌はタッチも締まっていて、いかにも重みが上からかかりながら、結句で「息づくわれは」と危うく収めた。こうした文体の妙が、森岡には初期よりあった。

＊

ねぐるしきひと夜の明けに愕然とかへる記憶あり蛾の伏すあたり

『白蛾』の三章から蛾の歌が二十二首並び「女身」という章タイトルがついて、i〜viに区切られている。歌集で読むとまとまった連作のようだが、別々のときにつくられた蛾の歌を集めてある。区切りは製作時ごとにまとまっているが、配列は製作順ではない。一章の終わりにも蛾の歌が三首、最後の章には、また蛾の歌を二首置き、小タイトルを「白蛾」として、歌集のタイトルにもしている。「蛾」をテーマに打ち出した意識的な構成になっているわけで、きわめて独自なスタイルの歌集といえる。

森岡が最初に発表した蛾の歌は昭和二十二年「新日光」二号の「寡婦のうたへる」の中の二首で、これはその一首。

「愕然とかへる記憶あり」まではわかりやすい。しかし「記憶あり」が「蛾の伏すあたり」だと実在の蛾の居る場所を指し示すのは独特だ。あたまの中の記憶が外に出ている感じでもある。

これが例えば、記憶が蛾である、とか蛾の伏すように記憶あり、というと、わかりやすい象徴化になるが、そうでないところがすでに森岡らしい。蛾はあくまで実在していて、歌をすっきりさせてはくれない。
二十二年当時、この表現はかなり新鮮であったのだろう。年譜にも「蛾の歌、婦人朝日に取り上げられる」と記している。それから三、四年たった二十五、二十六年ころ、肺の病の進行に苦しみつつ、森岡は執拗なほどに蛾の歌を作り出す。

花瓶の腐れ水棄てしこのゆふべ蛾のごとをりぬ腹張りてわれは
生ける蛾をこめて捨てたる紙つぶて花の形に朝ひらきをり
くるしむ白蛾ひんぱんにそりかへり貝殻投げしごとし疊に
燈《ひ》あかるくくるしむ白蛾をみつつ思へば蕁麻疹のわれ面むき出しなり
われのもつ假面のひとつあばき出し白蛾くるしみにそりかへりつつ
杉の樹肌の腫物めける蛾の生態あふむけるありうつぶせるあり
夏の夜の夢ともつかずわが影のをんなねむりつついつか青き蛾

続けざまに読むと息苦しくなり辟易もする。これらは主に「女人短歌」に発表されていて、そうとうにインパクトが強いが、あまり批評されていない。たまにあると、こんな歌は読みたくない、といったものだ。「女人短歌」の歌は総じて露悪的とか自虐的とか言われて男性歌人からの受けは悪かったが、中でも森岡の歌の生々しさは、苦手に思われていたようである。

『白蛾』では「少年」「白き鯉」のあと、いきなりこの蛾の歌がどどっと二十二首続く。事がらの説明がなく流れもないから、これは一体どうしたのだろう、と驚く人もいたにちがいない。森岡は若い身体を病みつつ、このときは病を歌わず、人生への不安や思いや回想をうたわず、蛾とわれの生態のアンビヴァレンツに迫る、という方法に徹した。

くるしむ白蛾ひんぱんにそりかへり貝殼投げしごとし疊に

二十五年の作。「くるしむ」で切って、字足らずの初句と読むと定型におさまる。ここで並ぶ三首は「くるしむ」がみな蛾に付されている。なんでくるしんでいるのか、そこは言及されず、すでに所与のごとく蛾は「くるしむ」のだ。「貝殼投げたからなのか、「ひんぱんにそりかへり」とは散文的即物的表現で、身も蓋もない。そこから「貝殼投げしごとし」につながるのが唐突だ。投げられた貝殻というと静止したイメージで、上の動きとどうもつながらない。白い蛾が貝殻に見えるか、も疑問だが「投げしごとし」という動作が比喩になっているところに強い衝動を感じる。
蛾に作者のくるしみが投影されている、といえば簡単だが、そうした心象に回収されていないのは、蛾の実在性もまた突出しているからだ。それが歌の整合性を貫徹させない。

われのもつ假面のひとつあばき出し白蛾くるしみにそりかへりつつ

「假面のひとつあばき出し」は森岡にしては観念を先立てた安直さがあり、それだけわかりやすいが面白くない。「われの仮面」とか「われのけもの」といった表現は、戦後の女性の間で、かなり流通していたようである。

生ける蛾をこめて捨てたる紙つぶて花のかたちに朝ひらきをり

蛾の歌の中でもっとも取り上げられることの多い歌で、人気がある。完成度がありすっきりしている。「短歌研究」（二十七年九月号）の初出では「蛾籠めたる昨夜の紙つぶてほどけゐて花のごとも地にひつそり息づく」だが、改作が断然よくなっている。原作でわかるのは、紙つぶてを外に投げたらしいということ。朝、地上にひらいている紙を見て花のようだ、と思ったのだ。改作だと部屋の中でもどこでもいい。「花のかたちに」が抽象化された表現になって成功したのである。

視覚だけでなくて、カタルシスへの希いによって「花のかたち」に見えるのだ、と読まれる。そうした先立つものを感じさせる歌が好まれる。

晝の樹に蛾ら鬱然とたむろすれば樹膚の腫物か臭氣たつまで
杉の樹肌の腫物めける蛾の生態あふむけるありうつぶせるあり

一方でこういう蛾の歌もつくっている。昼間の樹に盛り上がるように蛾がたむろしている。ここでは森岡は怖いもの見たさのように好奇心で観察しているだろう。歌として成功しているとはいえないだろうが、その異様な存在感は迫ってくる。

蛾の歌のうたいかたは、まちまちで一定していない。「夏の夜の夢ともつかずわが影のをんなねむりつついつか青い蛾」のようにやや俗な幻想的な歌もある。ただ、森岡にとって蛾は心象であると同時に、リアルに実在していた。その生命に肉薄するときの執着力は、弱り切った森岡に或る時間を越えさせたような気がする。

*

小雀の近くに鳴けばいつしかと前歯をわれはひらきてゐたり

第三章「青布」七首の冒頭の歌。

この歌を読むたびにずっと不思議に思ってきた。なぜ「前歯」なのだろう。「前歯をひらく」というのは、実際にどうするのか。前歯ってひらけるのだろうか。口をひらく、唇をひらく、ならば、ごくわかりやすい。わかりやすいが、ポーズも感じさせるようなところがある。「前歯を」と即物的に言われると、思い浮かべるのが困難なだけに、感覚以上のものを受け取ることがない。小雀が鳴いたら前歯がひらいていた、それだけ。忘我の、というより、われという全体のない、身体の一部と化した陶然とした感覚のみが流れる。

たとえば同じ時期の斎藤史の歌とくらべると歌い方の相違が見えてくる。

ひなげしのま晝を咲けば又してもも一人の我が身をよぢるなり
ふと我の忘我にありし表情の前を散り過ぎし何のはなびら
外界があまり春らしすぎる日に裂けたるはわが青き水掻き　　『うたのゆくへ』

同じように忘我の状態をうたっても、斎藤史の歌には外側からの把握、解説がある。「も一人の我が」というからには、もとの我がいるし、忘我を忘我と意識するわれが確固といる。「身をよぢる」や「忘我にありし表情」は外側からの概念的なつかみである。三首目は「外界」という抽象用語に対置して、裂けた水掻き、という生き物の部分をもってくる。コンセプトは明確で「青き水掻き」は象徴的な比喩である。

こういうつくりに対して、森岡の歌はいかにも、すとーんとして、意味的な深読みを誘わない。森岡の歌が、現代まで説明しにくい不思議な感じを与えるのは、意味や観念の回路が見えない、ということにもあるだろう。

四章の「こころ跡」五首は、変った一連である。

歓喜のつきあげて來てそうけだつかくなりしこころわれとおそろし
壁に脊をおしつけからくも立ちてをりこころたぎちてしあはせならず
部屋隅の薄き光なる塗壁ともたれしわれとは見分けがたからむ
せつなくて壁に己れをおし籠めきこころ跡ながくしいみともならむ
苅田の水凍らむ際のうすびかり危ふくてわが打ちつけに寒し

何事かあったのか、なかったのか、何も語られず、こころの様態だけが異様なまでに突出する。一首目「歓喜のつきあげて來て」という状態をうたうのは、短歌では稀有ではないだろうか。しかもそれは「そうけだつ」ほどの歓喜なのだ。最近は「鳥肌立つ」は、すばらしいあまりにぞっとする、というときに使うようだが、これも、そっちの方だ。こんなふうになったこころが、自分でもおそろしい、という。歓喜の、という初句の四音から「つきあげて來てそうけだつ」と、いかにも、つきあげる呼吸の苦しさ、生理に密着した文体。心情を統一したかたちで述懐するのではない。また心理の因るところを、知的に分析して見せるわけでもない。「われとおそろし」まで、その状態がいわせた文体として、一首が投げ出されている。

歓喜の極まりと不安や怯えは、つねに一体である。そのことは誰にでも身に覚えがあると思うが、短歌では表出しない心的かつ身体的領域だったといえる。どこかしらタブーに触れているような大胆さが感じられるのは、内容でなく、その文体によるのだ。

壁に脊をおしつけからくも立ちてをりこころたぎちてしあはせならず

ここでは「壁に脊を押しつけからくも立ちてをり」という具体的な動作が、恍惚感を印象づける。「こころたぎちてしあはせならず」は、逆接でも順接でもなく並列されていて、その区切りのなさに、かえって立ち止まってしまう。「しあはせ」はこころがたぎつ状態にはなく、もっと平安な気分であろう。だから、こころたぎっているので「しあはせならず」だと言えるのだが、それでは解釈に陥る。こころのたぎちと同時に、しあわせでない心持が強く迫ってきているのだ。その分ちがたさが、連綿としたひらがなによって表出されている。

部屋隅の薄き光なる塗壁ともたれしわれとは見分けがたからむ

三首目でちょっと意外な方向へ歌が向う。壁にもたれた「われ」は壁に同化する気配。こころがたぎった後の虚脱感が、ダルな歌の調子にもただよう。「部屋隅の薄き光なる」が見分けがたいことの説明になっている印象はまぬがれない。「見分けがたからむ」もぎこちない。

ただ、極まったこころを歌ったあとに、とつぜん、外側からの視線による「われ」になるのが変っている。だいたい、自分がもたれている壁なのに「部屋隅の薄き光なる塗壁」と、どこからか見ている描写が入るのだ。ドッペルゲンガー的感覚のように。「見分けがたからむ」には自愛のかなしみがあるが、そのかなしみは、実存的な現象としての「われ」を意識するところから来ているのだ。

＊

I部六章目は「赤と黒」というタイトルの十一首。どうしてもスタンダールの小説を思ってしまうタイトルだ。『赤と黒』は戦前から翻訳されているが、戦後もよく読まれていたに違いない。内容的には何の関係もないが、モダニズム的なしゃれたタイトルである。

初出は「女人短歌」七号（昭和二十六年四月）の新人特集でトップの十五首である。タイトルが目を引くと同時に、この章は『白蛾』の中でも独自な突出を見せていて、森岡貞香の後の作品につながる核のようなものを感じさせる。

薄氷の赤かりければそこにをる金魚を見たり胸びれふるふ

「赤と黑」というタイトルにこだわると「赤」はこれ一首。「黑」は多いが「赤」はこれしか見当たらない。とても簡明で美しい歌だ。簡明にして、文脈はごくユニークである。「薄氷の赤かりければ」とまず赤を知覚して、「そこにをる」と存在を見出し、はじめて「金魚を見たり」という把握に至る。人の意識のプロセスにしたがって、ごく自然に言葉が運んでいるのだ。そして四句切れのあとに「胸びれふるふ」という結句がふっと添えられて、そこにあえかな、あやうい口マン性が感じられる。

薄氷が赤い、というのも、意識のありようとしては当然なのだが、案外にそう表現はしない。自分が何を見た、こう感受した、という自明のところから、たいていは出発する。

この歌でふっと思い出すのは茂吉の『赤光』の歌、

氷きるをとこの口のたばこの火赤かりければ見て走りたり

である。師の伊藤左千夫の訃報で夜、駆けつける場面。茫然自失を「赤かりければ見て」という文脈で表出している。茂吉は、意識作用をそのまま歌にするという点でも格段に新しかった。「赤かりければ」といった強引な因果関係のつけ方は、茂吉的用法として言及されることが多いが、用法というものは感受のしかたを反映している。森岡は茂吉をとうぜん読んでいただろうし、どこかにインプットされていたかもしれない。

すり硝子黒くにじみて部屋の外をわれに近づきまた消ゆる影
背をむけてをるすり硝子に黒衣の影にじみし知覺のまさに重たし

次の二首はセットで「黑」。ここに「知覺」という言葉が出るので、この頃、森岡が意識してこういうモチーフに迫ろうとしていたことがわかる。一首目、薄氷の赤に対して、こちらは、すり硝子の黒。つくりは同じだが、こちらは歌として生彩がない。二首目は、一首目の続きで、今は背をむけているすり硝子に、黒衣の影がにじんだという知覚が重く残っているという。こちらも表現意識が先行して生硬さはまぬがれない。

ところで「知覺」のように概念用語が頻出するのは戦後の歌の特徴でもある。ちなみに、とりわけ多い斎藤史、葛原妙子の歌集から概念語を拾ってみる。

敗北・綺羅・情念・嗜虐・錯誤・戯悪意・執念・観念・忍辱・変身・修羅・外界

（斎藤史『うたのゆくへ』昭和28年）

嗜虐・恍惚・異変・意識・抽象・観念・量感・思惟・偽装・恣意・混沌

（葛原妙子『橙黄』昭和25年）

二人に重なるものもあるが、それぞれの関心の特徴が出ているのがおもしろい。これに比べると『白蛾』は、知覚・空間・容積・時間・人間・憂愁くらいでごく少ないが、これまた森岡の関心の所在が表れている。後年にいたるまで、キーワードになる用語なのであった。

月させば梅樹は黒きひびわれとなりてくひこむものか空間に

月のあるうすらあかりに苔凝る黒き梅樹の息づきしづか

一首目は『白蛾』から必ず引用される作品となっている。しかし、それはごく最近のことである。当時は特に注目された歌ではなかったようで、アンソロジーに他選でも自選でも以前は入っていない。森岡貞香の特異な文体がクローズアップされてきて、その萌芽として見出された歌といえよう。

「女人短歌」での初出は「月の夜の梅樹は黒きひびわれのごと擴がりて根を張るよ空間に」であり、改作がかくだんに良くなっている。「月させば／梅樹は黒き／ひびわれと／なりてくひこむ／ものか空間に」という、ぐいぐい食い込んでいくような文体は極立って斬新である。「拡がりて根を張る」が「くひこむ」に、よくぞなったものだと思う。「ひびわれのごと」が「ひびわれとなりて」で直接性を得たし、「月の夜の」が「月させば」になって「空間に」が生きてくる。

黒きひびわれが空間にくひこむ、という視覚の抽象化は、現代絵画を思いおこさせる。戦後、美術と短歌は方法をめぐって、ジャンルを越えて議論がさかんであったから、森岡が影響を与えられていないとはいえない。

しかし、構図として平板に述べられているのではなく、文体としてまさに「くひこむ」リアリティを得ているところ、絵画的ではない。

この歌が、いったん雑誌に発表されてから改作されたものだったのは、意外だった。文体におのずからの勢いがある。森岡は、歌集に入れるとき相当に歌を直すのである。

『白蛾』の出版の話が入院中にもたらされたことを思うと、直したのはベッドの上であったかもしれず、その気力におどろく。その時点での呼吸が加わった新作とも思えるのである。

月のあるうすらあかりに荅凝る黒き梅樹の息づきしづか

同じ梅樹ながら、こちらは端正な歌で、好きな歌だ。二首は作風が対称的なほど違うが、これもやはり森岡貞香らしい歌なのである。『白蛾』はほとんどが破調の歌集で、これはめずらしく定型にきちっとおさまっている。戦後というのは、森岡にかぎらず破調の歌はきわめて多い。戦後から遠ざかるにつれて、破調はむしろ少なくなっていくが、森岡は破調を貫いてきた歌人である。意味内容による破調でなく一首一首の内在律を貫くゆえであろう。

爪たてしまま庭の松よりずり降りし猫ありそこまでは及ぶ夜の燈

おもしろい歌だ。ふつうは、灯りの及んでいる松の木にずり降りた猫と叙述するだろう。ずり降りた猫に灯が及んでいる、という言い方はしない。その上「そこまで及ぶ」でなく「そこまでは及ぶ」という限定がおかしい。それ以外は及ばない。まるで狙ってスポットライトが照らしたようである。

初出は「爪たてしまま庭の松よりずり降りし猫あり座敷に燈をつけしとき」で、状況がよくわかる。外灯のあかりが及んでいるのかと思っていたが、座敷のあかりで見えたのだ。まあ、それはどっちでもいいが、改作のおもしろさは原作にはない。意識的な改作である。

これは「月させば……くひこむものか空間に」とも「薄氷の赤かりければそこにをる」とも共通する叙述の方法である。

「赤と黒」の章は、心情的でなく境涯的でなく、存在論的方法意識をすでに鮮明にした章として、注目に値するのである。

＊

Ⅰ部の最終章「つきかげ」は『白蛾』の中で独得の美意識を成じさせ完成度の高い歌が多い。

この章の初出は「短歌研究」（昭和二十六年一月号）の三十首詠「幻想と現實」。ちなみに、この新年の三十首詠のメンバーは、他に宮柊二、香川進、生方たつゑ、近藤芳美、小暮政次、木俣修、山下陸奥である。森岡は最も若く、まだ歌集も出していない時点だから、かなりの抜擢といえる。二十四年にスタートした「女人短歌」が歌壇的にも存在感を持ってきたということもあるだろう。

「幻想と現實」の三十首のうち、前半の十七首までと、最後の五首は『白蛾』の後半に収録され、間の八首が「つきかげ」として、Ⅰ部に独立して収められた。そのために、際やかに引き立つ一連となった。森岡の編集能力はなかなかなのである。

月のひかりの無臭なるにぞわがこころ牙のかちあふごとくさみしき

「つきかげ」八首の冒頭の歌。「無臭」「牙」という言葉におどろかされる。匂いがないとは言うかもしれないが「無臭」は短歌では使われることのない用語である。それをまた「月」に言うのだから破格の表現である。そして「さみしさ」に「牙のかちあふごとく」というのも破格である。従来の「月」や「さみしさ」というもののコードからは、ずいぶん逸脱した歌であろう。そうした言葉の異様さに対して、調べは古典的な端正さをもっていて、それが幻想的なまでに美しい。「無臭」という言葉が出てきたのは何故だろうと思う。それは月のひかりに匂いがない、という抽象的なことではなくて、月のひかりのさすこの空間に人気のない、人の体臭のない全き孤絶感であろうか。そこに歯ががちがちいうほどのさみしさがあって、「牙のかちあふごとく」という表現になったのではないだろうか。

「牙」という穏やかならぬ言葉はすでに斎藤史が使っている。

よじれたる執着の縄を切りて捨つべく小さき白き牙を鳴らせり

斎藤史『うたのゆくへ』昭和二十四年作

史の特にいい歌というわけではないが「牙」は森岡にインプットされていたかもし

れない。史の「牙」は執着の縄を切るという用途がはっきりしている。述志の歌である。そこにいくと森岡のは無用の牙である。

月光にうづくまりをるわがなかのけものよ風に髪毛そよめかす

こちらの「わがなかのけものよ」には「牙のかちあふ」よりやわらかな自愛のひびきがある。「風に髪毛そよめかす」も若い女性らしい甘やかさだ。「わがなかのけもの」といった表現も川野里子が評論集『幻想の重量』で指摘しているように、当時の女性の歌のなかによく見られる。

ベラベラと北の氷原にふぶく日はわれのけもののもうそぶきやまぬ

斎藤史『魚歌』大正十三年作

しなやかに熱きからだのけだものを我の中に馴らすかなしみふかき

うるむ眼をときにあげて視るわれのけもののしなやかに睡き四肢を持つゆゑ

斎藤史『うたのゆくへ』昭和二十四年作

羊歯の芽の足うらにぬくむ沼の邊ゆき身うちに兆すけものの飢ゑあり

葛原妙子『橙黄』昭和十九年作

宇宙塵かすかに捲きて立つ霧かけもののごとく濡れてねむらむ

『橙黄』昭和二十年作

斎藤史にはすでに『魚歌』から「われのけもの」という表現があって、ロマン派らしい、現実に抗する一つの観念を形成している。葛原妙子のは原始の自然に回帰するがごとき「けもの」への希求のイメージで、なかなかダイナミックである。この二人の「けもの」に対して森岡の「わがなかのけもの」は小動物っぽい、非力な感じがする。そんな違いはあるにせよ「わがなかのけもの」という時点で、観念的なことに変わりはないだろう。ありがちなフレーズとして口をついてしまったような印象があり、それがこの歌の親しみやすさにもなっている。類型的なスタイルを持っており、こういう方向でいけば森岡貞香はもっと大衆的な人気の歌人になっていたかもしれない。

垂髪のひきつるいたみありうしろ見れどたれもをらぬただ月光の中

髪のひきつるいたみは、ふとうしろを見るきっかけになっただけで、「たれもをらぬ」月光の空間があるだけなのを発見している。自分の身体感覚だけがあって、だれもいない。

この歌も大いに破調で、読み方がむずかしい。「垂髪の／ひきつるいたみあり／うしろ見れど／たれもをらぬ／ただ月光の中」というふうに読むしかない。句跨りに読むことは出来ない歌で、森岡の破調というのはほとんどそうである。また戦後一般に多い破調は、内容が多いための字余りだが、森岡の歌は内容、事がらはむしろ乏しく、内容がはみ出していくタイプの破調ではないのである。リズムも整わないが、全く読みづらいかというと、そうでもなく読めてしまう。

これも「いたみあり」と字足らずで切って、そのあと「うしろ見れど／たれもをらぬ」と六字ずつせっぱつまって畳みかけて「ただ」と息を置き「月光の中」と深ぶかとおさめる。そうした文体によってだけ読ませる、森岡らしい歌の一つだ。

月に照り枯生のやうな古疊さみしき母と坐らぬか子よ
月のひかりとなりし疊に子を招べば肢影ながく曳き少年は來ぬ

前半の月光の中の孤独から、とつぜんに子が登場してくる。何か能の舞台にあらわれてくるような感じだ。一首目「枯生のやうな古疊」という比喩で、小さな畳の空間が、いっきょに茫漠とした枯生にひろがる。「さみしき母と坐らぬか子よ」は甘いようでありながら、古典的な物言いのためにベタつかず、プライベートな親子というより「母と子」の古典的な関係を浮かび上がらせているように感じられる。

二首目はその続きで子が舞台に登場してくる。「子を招べば」「少年は來ぬ」の言い直しに、来たのが少年であることの悦びがにじむ。辞書にはない「肢影」という言葉は、特殊というほどではないが、戦後っぽいのだろう。畳に肢影、などというと、戦後の貧しさとモダニズムが同居している特有の匂いのようなものを感じる。

この章は雑誌発表当時からわりあい評判が良かったようである。表現主義的な傾向と、私小説的な要素がミックスされていたためであろう。川田順が二十六年度の感銘歌として「月のひかりの無臭なるにぞわがこころ牙のかちあふごちくさみしき」と「ふとん寄せて母の寝床に片足のみ入れてねる汝よわが觸れてやる」を両方入れているのは意外な選びでおもしろかった。

あと、この章も「赤と黑」の章と同様に二首ずつセットのつくりになっていて興味深い。小池光の『滴滴集』にも、そのセット方式があり、あとがきに「短歌は短いので一首だけでは歌のでどころが必ずしもはっきりしない場合が多い。無理に一首に詰め込むと窮屈になってふくらみにかける。でどころを提示する歌と、そのでどころに乗っかる歌と、ひとつの話題に対して二首ずつつくると経験的になんとなくうまく行く」とある。森岡もそんなふうにつくっているようで、なるほどと思ったのである。

ここでI部は終わる。『白蛾』の中の注目作はおおかたI部に集中しているといっていい。作者として表現上の意欲作をI部にもってきたのは斬新な構成である。斎藤史の『うたのゆくへ』や葛原妙子の『橙黄』ですら年代順の並びなのであるから、当時としては、こういう編集は『白蛾』だけではないか。

そしてまた、I部は二十五年末から二十六年にかけて製作された歌である（その中で後半に回した歌もある）。その時期、何人かの女性歌人が互いに濃密に読み合い、摂取し合っていた。中で森岡は最も若く、作歌の方向の揺れ幅も大きい。

＊

『白蛾』のⅡに入る。

「あとがき」によれば「製作順は第二章が最初になり、第一章と第三章がともにそれにつづき、終章は昨秋やまひにたふれてから今日にいたる作品です」ということなので、Ⅱが最も早い時期の作品ということになる。

Ⅱは冒頭に「夢現」と題する五首を置く。

きみ死にしは夢でよかりしと言ひきそれもまた夢なりしうつつとは何
死にければひとは歸らぬと早寝せるわれにきこえて足音過ぎゆく
食鹽と壜とかち合ひ光りたりああ瞬間そこに夫が居ぬ
いくさ畢り月の夜にふと還り來し夫を思へばまぼろしのごとし

潮騒の常世のひびき聞くときに人は死ぬゆゑきみも死にしか

Ｉの「少年」から読み始めた読者は、Ⅱで夫を失った作者の境涯を知ることになる。しかし、それを明確にしたドキュメントでもある次の「黒鳥」の前にこの「夢現」が置かれることによって、Ｉでの作品世界との断絶を感じさせない。やはり『白蛾』の編集意識が強く伝わってくる。

きみ死にしは夢でよかりしと言ひきそれもまた夢なりしうつつとは何

きみが死んだというのは夢でよかった、と言ったのが夢であった。入れ子のような夢が何ともかなしい。この歌は「それもまた夢なりし」で終わって、かなしい余韻だけを残すのでなく「うつつとは何」と問う。これは夢さめたあとの口をついた呆然たる言葉であると同時に、根源的な問いとしてのひびきがある。いかにも女らしい歌い口で、夢かうつつか、という風情として流れていくようでありながら「うつつとは何」という問いに、すべては集中していく。森岡の戦後はこの「うつつとは何」から始まったといえる。

軍人であった夫に「夢でよかった」と言ったことは幾度もあっただろう。夢は現実をなぞり、そこにも時間が流れ「うつつとは何」という問いは繰り返される。


食鹽と壜とかち合ひ光りたりああ瞬間そこに夫が居ぬ

例えば夕光などがさして、壜と塩の光がかち合うように光った、その瞬間、夫がふとそこに居た、というのである。

「居ぬ」が完了形か否定形か紛らわしいと言われている歌であるが、「瞬間」から導かれるのは、やはり完了の「居た」ということであろう。

一瞬の光に意識が刺激されて、そこにまざまざと姿が見える。それは、たしかに居たのだ。意識のうつつが「うつつ」なのだという感覚は、こういうときリアルに兆す。「ああ／瞬間／そこに／夫が／居ぬ」の強さは、かなしみより、よろこびを感じさせる。


芒のはら芒の奥の光り光りて喪《な》きなる人を摺りいだしけり　『黛樹』（昭和62年）

ずっとのちのこの歌が思い出される。

いくさ畢り月の夜にふと還り來し夫を思へばまぼろしのごとし

敗戦近くに済州島に発った夫が、二十年十二月に復員してきた。「月の夜に」は実際そうであったらしい。ようやく、とか、ついに、ではなく「ふと還り來し」。その感じを、あとで思いかえせば、すでにそのとき「まぼろしのごとし」であった、と思う。「いくさ畢り月の夜にふと」が昔の物語のようにひびく。「終り」でなく「畢り」が沁み入るような歌である。

＊

この「夢現」の次に「黒鳥」十七首がくる。「昭和二十一年四月」と詞書を付し、夫の死から葬儀までをつぶさに綴る。

復員局の宿舎に死にしとぞ吾夫をもはや死にたりと人等は言ひぬ

一首目の歌で「復員局の宿舎に」と夫の急逝の場所が明示され、それによって夫の立場も初めて明らかになる。一兵卒の復員ではない。復員局は二十年の十二月に設置されているが、森岡の夫の復員も十二月であった。敗戦に向けて済州島に派遣されていた夫は、敗戦処理の任務のために呼び戻されたのではないかと考えられる。この場所の明示が、十七首の輪郭をはっきりさせていることを思うと、冒頭の初句で切り出した効果は大きい。

この一連は、どの時点でつくられたか不明なのだが直後ではないだろう。どの時点であっても回想であるには違いないわけだが、その場を実に生々しく伝える。「死にしとぞ吾夫をもはや死にたりと人等は言ひぬ」と「人等は」が主語になることによって「うつつとは何」が鋭く摺りだされてくるのである。

夫の遺骸あるとふ部屋に入らむとし連れ来しをさなき我子を見たり

この歌がとてもリアルである。その部屋に入ろうとして、連れてきた幼子を見る。「見たり」に、ただ見たというだけの自動的な感じが出ているのである。この、ふとした機微を、あとで歌にしているということに驚かされる。呆然としつつ、変に意識が鮮明になっている、こういうときの状態そのものを、心情的にふくらませることなく置いている。

白布もて顔おほはれしなきがらをわれとも思ふ近よりにつつ
死顔に觸るるばかりに頰よすればさはつては駄目といひて子は泣く
われと子を一束にして抱き搖りし巨き腕かくこはばりいます

部屋に入りなきがらに近よっていく。「近よりにつつ」という時間に生起した感覚が「われとも思ふ」である。これも悲しみの至る以前の、死に直面して自他の境界を喪った即物的な感覚がリアルである。

そして二首目では「さはつては駄目」という子の言葉が、ひどく生々しい。こどもに突きあげた、父でない異物への怖れがある。子の存在とその声に、われに返って死を確認したことを、この歌は言外に伝えているのだ。

三首目で、ようやく死への悲しみの情が湧く。「一束にして抱き搖りし」が、一瞬よぎるその情景と、あたたかな感触とを彷彿とさせる。最も幸せな記憶として「一束」という言葉がいかにはたらいているかを思う。「抱き搖りし」は強引な複合動詞だけれど「抱きしめし」などとは全然ちがう楽しげな場面が浮かぶ。その腕が今こわばっているという死のかたちの生々しさ。

昨日のあさいでし玄關を一日經て入りゆくに既にいのちなきひと
わが夫が臭ひてはならぬになきがらのすべなさ棺さへ乏しくていま
黒鳥のむれにつくねんとわれがをりふとしざわめく聞けば葬なり

一首目は、急逝に際して誰もがもつ思いであるが「昨日と今日」の間の推移での同じ場所、空間の感覚は、しばしば後の作品にあらわれ、森岡がずっと拘るモティーフとなったように思われる。

二首目は「わが夫が臭ひてはならぬに」ということは、死臭があったということであり、それは「棺さへとぼしく」と棺を求めるのが難しかった戦後の事情ゆえとわかる。「乏しくていま」どうしたらいいのか、という、悲しみの中に何とも現実的な問題が発生していたのである。挽歌として例のない歌を挟んでいる。

三首目、葬儀に集う人々を「黒鳥のむれ」と比喩して、茫然自失の深さを形象化した独自な作品となっている。「われがをり」から「葬なり」という気づきまでの意識の流れをそのまま定着させて森岡らしい歌になっている。ここでも人のざわめきによって意識化に到るのである。


復員して四ヶ月後の急逝という夫の死は、戦場でなくともやはり戦死なのだ。しかし、一般の戦争未亡人とは異なり、遺体とは対面している。報せやお骨だけがもどる戦死ではなく死は眼前にあった。一度復員したよろこびがあったゆえの衝撃は大きかった。

心情や観念では作品化しえない森岡がいる。「黒鳥」一連は、ドラマや物語ではない。

哀切にしてリアルな意識の記録である。

＊

吾をめぐり子のたつる音やむなきをいこひのごとく思ひて日日

「赤き頰」九首の冒頭の一首。

自分をめぐって、子が何かしらの音を立てて止むことがない。それを、いこいのように思って日日を過ごしている。「吾をめぐり」に子が母を離れない感じが出ている。女の子のようにしゃべりかけてはこないが、物音をしきりに立てる男の子に、気が紛れるのだ。「思ふ日日」でなく「思ひて日日」が森岡らしい。そこまでもかなりうねりのある言葉運びになっているが、切れのないままに続いていく。連綿とした調べにおのずからいやされてゆくような歌である。

ほっとさせる「赤き頰」一連のあとは、戦後の現実の厳しさに直面する章がつづく。

おとしめられ下駄の緒ゆるきを感じをり爪先に力湛へむとする　「百日草」
相手より低くあらむと下げし頭をもたげしときに憤りわき來つ　「黄葉」

一首目の前に「追ひたてられ調停裁判の控所に家主と會ひぬまなこそらさず」があり事情がわかる。「あとがき」に書かれている「逗子の住居さえ追ひ立てられてゐたころ」である。この二首の初出は昭和二十二年十月の「新日光」二号で「寡婦のうたへる」というタイトルの一連であった。かの蛾のうたが入っていた一連である。
二十一年四月に夫を亡くし売食いの窮乏生活に入っていたが、翌年の夏ごろには逗子の家から立ち退きを迫られたのである。軍人の家庭であったゆえの、一種の迫害であったようだ。寡婦である立場の惨めさに憤りと矜持を漲らせて烈しい。一首目の「下駄の緒ゆるき」の感覚はリアルで、そこから「爪先に力湛へむとする」の意志への転換がみごとである。「おとしめられ」「相手より低くあらむと」というあたりには戦前の階級を失なった屈辱感が生《なま》に出ているといってもいい。この自意識は一般的な庶民のものとはちがっているだろう。

夫に死なれかつがつ生きゆくわれと子をあてはづれしごと人等よろこばぬ　「忌日」

未亡人といへば妻子のある男がにごりしまなこひらきたらずや　「寡婦好日」

歌集の少しあとになるが、こうした歌もある。一首目は「女人短歌」の創刊号の巻頭作品の中に入っている。いかにも皮肉な物言いだ。やっとのことで生きているのだが、生きていけないだろう、とふんでいた人らはあてがはずれてよろこばない、という。世間の本音のようなものをあからさまに突いている。「よろこばぬ」と断言するあたり、すでに挑戦的である。

二首目はよくとりあげられる歌。何とも大胆で挑発的な物言いである。こちらは「たらずや」と断言しない言い回しで、一層「まなこ」がいやらしく感じる。

この歌の初出は「女人短歌」（昭和二十四年・二号）に発表された「寡婦好日」である。「寡婦好日」なんてタイトルからして挑戦的な嫌味の気味がある。この一連での次の歌は『白蛾』には収録されなかったが、なかなかすごい。

われの肉體もとめをるらしきこの男平然としてをんどりの話する

「をんどりの話する」が何となく想像できて面白い。女であることの屈辱をここまでよくぞ表出したものである。当時、女性の歌がことさらに露悪的、自虐的だという批評がなされているが、こういう歌もその筆頭であっただろう。しかし、戦後の混乱の中で欲望のむきだしになった人間の様相が浮かび上がり、庇護をうしなった女性のさらされる現実が如実にわかるのである。

戦前にすでに歌人としての立場を確立している斎藤史、五島美代子らや、思想背景を持つ山田あき、館山一子などと異なり、まだ若い森岡貞香は一介の「寡婦」として出発していることが、ごく戦後的である。戦後に出発した女性歌人の多くは、夫を持たず、立場を持たず、吹きさらしの現実に生きていかねばならなかった。「寡婦」はいわば何者でもないということである。

にがくにがき生甲斐と思ふうつむきて疊におかれし金を見てをり

これも「寡婦好日」の中にある歌。「金」を「生甲斐」とはっきり言ったのもシビアで珍しい。「にがくにがき」というところに金に対する屈託はあらわだが、それだけに一層、畳に置かれた金がかがやく。「夫の背廣の終の一着を吊しつつ金欲るこころよろめかむとす」「内職して得し金《かね》あれど寒き夜に蟲けらのごと肩はこばる」という歌もあり、切実で率直きわまりない。

＊

うつくしきをとめ言へるに強力なる尾びれもてはたかれしごとし負けぬ
荒荒しく妹をゆすりてジャズソングやめさせしかどさみしき晩なり
つまらない世の中だなどと妹は泣きまねしてをりスカートをかぶりて

「尾びれ」五首より。面白い一連である。典型的なアプレゲールに対する上の世代感情が出ていて、戦後の雰囲気を生々しく伝える。男女を問わず、当時の世代差は大きく一つのテーマだったといっていいだろう。一首目、何を言われたのか「强力なる尾びれもてはたかれしごとし／負けぬ」の結句三文字での決定的な敗北感の吐露が切ない。「尾びれ」という比喩が、世を泳ぐ魚の活きの良さを感じさせる。

二首目、妹はジャズを歌い続けている。荒々しくゆすってやめさせる作者も相当感情的になっている。姉妹の夜の葛藤があざやかに浮かび上がる。「さみしき晩なり」がごく素直で可憐だ。

三首目、台詞、動作の活写が出色。いかにも若い女性のふてぶてしいポーズがリアルで、姉のほうの観察も容赦がない。

妹は外地から子供を連れて引揚げてきていて、逗子の家で森岡と同居していた。「シベリアに残されし夫と死にし夫といくさのいたみを姉妹はもちて」と、あとで出てくるので、妹は夫の帰還を待っていた。「をとめ」と言えるのかどうか疑問で一首目の「うつくしきをとめ」は妹ではないかもしれない。

うしろより過ぎたるジープありそこはかと秋澄む舗道にふかく息吸ふ　「黄葉」

微熱あるわれに迫りてマーケットの汚濁なまなまし野犬寄り来る　「寡婦好日」

口惜しと爪たてて（あゆむかたはらをセパードが過ぎぬ實にすばやし　「光る石」

快速なる黄のキャデラック黑のフォードある一瞬を果し合ひのごとし　「白き雨」

戦後の街の点景を四首あつめてみた。

一首目はやはり「新日光」二号の歌だから、昭和二十二年ころの街なかであろう。うしろから占領軍のジープが過ぎていった。「そこはかと」は「そこはかとなく」の略ではなく、原義のくっきりと、たしかに、ということであろう。佳品である。ジープへの心ゆらぎが「ふかく息吸ふ」に伝わってくる。

二首目、「マーケット」という用語がなつかしい。私の育った吉祥寺にもハモニカ横丁とか文化マーケットがずっとあった（今もある）。戦後は闇市っぽく「汚濁なまなまし」というものであっただろう。「野犬」は茂吉にも「東京に思ひ及べば概論がすでに絶えたり野犬をとめを食ふ」（二十二年作『白き山』）がある。微熱があって弱っているわれに迫るのはマーケットの汚濁であり、野犬である。

三首目の「セパード」は野犬なのか、繋がれてないで勝手に走っているようである。この歌はなんとなく面白くて、気に入っている。「口惜しと爪たててあゆむ」はいかにも大げさなのだが、こちらも動物のようで、最後が「實にすばやし」とセパードの方に行くので、風通し良くなってしまう。この利那の感想はおかしい。

四首目「キヤデラツク」と「フオード」ともにアメリカの高級車。「果し合ひのごとし」というキャッチが効いている。森岡は戦後の空気感を肌を切るように察知する。自分が剝き出しの状態であるからだろう。

『白蛾』は戦後の風俗の記録としても、なかなかおもしろい観察に充ちているのである。

＊

たよりやや間遠かりしころか吾夫は逢ひし湖南のをとめありしとふ

Ⅱ部の「風のごとく」という七首は夫の出征中を振り返り思いを到らせる叙述に特色のある一連である。

離れをりしとしつきながく死別れぬ留守妻にあまんじてをはりしわれか

すぐ前にこの歌がある。淡々としているようだが「あまんじて」があるので、かなり強くひびく。「留守妻にをはりしわれか」ならば尋常な感慨で結句の「か」も「おわってしまったわたしなんだなあ」と詠嘆的になるが「あまんじて」が入ってくやしさ、虚しさのひびきがともなう。

そして次に来るこの歌。出征した夫の歌として特殊ともいえる。ああ、たよりのあまり来なかったころか、と思い当たっている。「逢ひし湖南のをとめ」は美しい言い方でロマンスのように歌われているが、中国の若い女性とどういう付合いだったのか。「留守妻にあまんじて」いた自分には知らない戦地の日々があり、誰かが居たという事実。夫亡きあとで、こういう歌を表に出すというのはかなりのことである。そして一連の最後に

をんならの力づくで汚さるる歴史かなしたたかひに死するくるしみといづれ

を置いている。この歌はメッセージ性が強いから、ときどき引用されているが、森岡にはごくめずらしいタイプの歌である。当時は社会詠の歌が主流でもあったから、森岡もこういう歌い方にあえて挑んだともいえるが、もっと体験からの直接のひびきがある。一連の流れで読むと「湖南のをとめ」と切り離して読めない。直接に結びつくわけではないだろうが、拡大すればそういうことである。戦死だけが悼まれるが、戦争とは「をんならの力づくで汚さるる」ことでもある。どちらがかなしいか、と迫る口調には生々しい感情がまぎれもない。ここにこの一首を置くということは、一連を夫を偲ぶだけに終わらせない意志があったのだ。

＊

月のひかりにのどを潺めしてをりしかば人間とはほそながき管のごとかり

Ⅲ部に入る。

月のひかりにのどを潺めす、というのがとても美しい。液体がのどから体内に通っていくときに管を意識するように「月のひかり」を歌っている。「人間とはほそながき管」は存在としての簡明な発見であり表現である。

前半で上げた「月のひかりの無臭なるにぞわがこころ牙のかちあふごとくさみしき」が、自己確認であるとするならば、「人間とは」には、孤独の中に簡明に存在することへの願望のようなものが感じられる。

ところで、この歌は「月のひかりに／のどを潺めして／をりしかば／人間とは／ほそながき／管のごとかり」と「七・七・五・六・五・七」という破調であり、いかにも管のように長い。そして字余りの「人間とはほそながき」のところが拍が強いので、直線的な管を感じさせる。そして一首全体はすっきりと調べが通って破調を意識させない。

この歌の初出は「女人短歌」昭和二十四年二月号「寡婦好日」十首の真ん中にある。

前に書いた「未亡人といへば妻子のある男がにごりしまなこひらきたらずや」などの挑発的な一連の真ん中で清冽な光を放っている。

流彈のごとくしわれが生きゆくに撃ちあたる人間を考へてゐる

「流彈」という比喩に胸を衝かれる。ねらいもなく、どこへ飛ぶかわからないながれだま。そのように自分が生きてゆく、という思いは悲哀にみちているが、そんな流弾にたまたま撃ちあたる人間もいるのだ、という悲哀はより深い。「われが生きゆく」と自分の心情に回収するのでなく、他者が見えてくるところが洞察的だ。「考へてゐる」という結句は、どこかぼんやりしつつ明晰で、流弾が考えているような怖さがある。意志のない流弾もどこかで加害者になり得るのである。

文体はこれも、五・七・五・五・五・七、「撃ちあたる／人間を」とやはり四句目のたたみかける字余りになっている。

この歌は「流彈」というタイトルの一連の最後にあり、冒頭は、

またいくさあり斃れし人間も夫もみゆうつつに手渡されしのぞき眼鏡に

という歌である。この一連のほとんどの歌は、「流彈」のタイトルで昭和二十五年九月号の「女人短歌」に発表されている。二首目は「朝鮮のいくさといへどかなしみは既に聾するばかりとどろく」であるが、これは「白蛾」では削られている。「またいくさあり」の「いくさ」は朝鮮戦争であることが初出では明示されていたわけだ。

朝鮮戦争が始まったのは二十五年六月で、「女人短歌」掲載が九月号だから、報道されてほどなくの歌ということになる。「手渡されしのぞき眼鏡」というのは、報道を比喩的に言ったのではないか。「のぞき」という言葉には、当事者でないところから間接的にのぞき見る疚しさが感じられる。因みに同じ九月号には葛原妙子の、

軍靴みだれ床ふむ幻聴のしばらくありあかつきのをとめはしらしらとねむる
かさかさに乾ける土をよぎる蜥蜴鋼の鐵武器に一瞬似たり

という歌があり、これなども朝鮮戦争に触発されたものではないかと思われる。森岡

の歌は「斃れし人間も夫も見ゆ」「かなしみは既に聾するばかりとどろく」と、息づかいもなまなましく衝撃とかなしみを伝えている。葛原の歌は抽象化されているが、やはり、甦る怖れはまぎれもない。

＊

『白蛾』の終章のⅣは、最も新しい作品群になるが、病の悪化から入院、手術にいたる悲痛な記録である。

森岡は十六歳のころ胸部疾患で休学していて、そのとき短歌をはじめ「竹柏会」に入会している。戦争中も病んで療養のため逗子に移住したのであるが戦後二十六年にまた体調が衰え、胸部整形手術を受けたのであった。二十三年に同じ手術を受けた吉村昭のエッセイ『白い道』には、この手術の記述がある。「私の受けた手術はドイツで開発されたもので、肋骨を五本とられました。肋骨をとると肺が外圧でつぶれ、病んだ部分が安定して自然治癒に結びつくというのです。私はそれを聞いたとき、土木工事か何かを連想しました。このような大きな手術は全身麻酔をするのが常識ですが、この手術は開発途中で、全身麻酔をすると肺が瞬間的に圧縮して即死してしまうので、五時間五十分の手術を局部麻酔だけでやりました。……この胸部整形という手術をする手術室は阿鼻叫喚の巷だったといいます。」という手術で、一年以上の生存率は三八パーセントだったそうである。森岡はこの手術を二回うけて七本の肋骨を切除し、輸血でB型肝炎も併発している。命がいかにあやぶまれたかが察せられる。

寄り來なと咳きこむわれの眼にいへば深きおももちの子はあはれなり
病院へ入る日ふみがら歌反故をわが破きつつ子が焚きくるる
肋斷ちてわが死なざると決めをれどはかりがたけれ子を膝に寄す
落葉つみて夫の位牌を燒きしこと案外の善行と病みて思ふよ

こうした歌を読んでいると「死なざると決めをれど」と思いつつも一方で覚悟の身辺整理をしている母と、その気配を察しつつ寄り添う子の場面がはりつめて伝わってくる。どんな思いで子は母の破く手紙や反故を焚いたのだろう。十二歳の少年の「深

きおもも ち」や「焚きくるる」には何か会得したような感じがある。夫の位牌を焼いて「案外の善行」という言い方にもおどろかされる。

歌集の終り近くで、

還り來て子の少年を見しときぞ門吹く風にふくれし汝が髪

近よりざま足からませて來し吾子に胸とどろかせわれはつかまる

という歌にいたって、生きて子と会う歓びがみずみずしく迫る。「子の少年」という重ね方、「風にふくれし」という具体の良さ。「つかまる」という口語の動詞が生きる。動詞が、かく核心として使われるところに、森岡の歌の特徴がある。

病の歌はいずれも切実であるが、こうした歌の常として未整理でなまなものも多い。いわゆる客観的な描写や叙述でないぶん、乱れや破綻が目立つのであるが、中に次のような歌はやはり森岡の独特の表現領域として精彩を放っている。

亂れあひまたしんとして野菊咲けりわが顔流れゆくごとき陽の中

蓋とぢし貝かも白きかけぶとんのうねうねとせるときに泣きをり

寝臺降りて小さき金だらひに洗ふ肢よ鳥とも繊く水たまりに立ち

くらがりにあけ放しの窻見ゆるとき黑き陸地のごとし仰臥は

いずれも、身体を自分の外側から見ているような実存的な感覚が、危うい文体のうねりに、或る美しさと悲哀を漂わせながら定着している。主情的にこころをうたうのでなく、身体の様態としての存在がうたわれているのである。たとえば「蓋とぢし貝」や「鳥とも繊く」の比喩は意味やイメージからでなく、そのときの様態から直につながっている。「黑き陸地のごとし」も自分の身体が離脱して見える仰臥の様態である。森岡の歌は頭だけで飛翔することはほとんどない。だからこそ、文体でしか表せないものなのであった。

『未知』

第二歌集『未知』は昭和三十一年五月にユリイカから出版された。『白蛾』出版から三年後の出版である。あとがきに「『未知』は昭和廿七年秋から三一年春までの作品から自選しました。私の三十代は『白蛾』『未知』と二つの歌集を持つたことになります」とあり、この年、森岡は四十歳を迎えた。子供を抱えての生活苦、病苦の女性が戦後のこの時期に二冊も歌集を出すというのは並々でない。また、その後の森岡の歌集出版の間隔の長さから思うと、急くようにも早い。『白蛾』の後の女流興隆の気運も後押ししていたのだろう。

『未知』は「酸素」というタイトルの六首で始まる。

酸素ぞとゴム管かほの上に垂れてきぬ息のしづまり死なざりしかも

これがいきなり冒頭の歌というのは驚く。『白蛾』の冒頭歌も「うしろより母を緊めつつあまゆる汝は執拗にしてわが髪亂るる」と、いきなりであったが、これは更に「酸素ぞと」といきなりゴム管が垂れてくるのだから。いつも何かの「ただ中」から動きと切迫を伴って始まる。

病院での歌は『白蛾』の後半からの連続で、「白蛾」でも酸素ボンベは「呼吸難の夜を超えしときかたはらに立ちゐてやさし酸素ボンベは」と、まるで庇護者のようにうたわれている。「酸素ぞと」は、いかにも病者のすがる思いから発せられていて「死なざりしかも」の詠嘆につながっていく。

息あへぐわれに來しとき酸素ボンベ外形黒く重重しかりき

この二首目も酸素ボンベを主語とする。「われに來しとき」と擬人化されて、まさに救いの神である。自分を救いに来たものは、黒く重々しい物体であった。外形はこんなだけれど私を助けに来てくれた、という感じで、何となくユーモラスでさえある。

胸切りて泣き得る肺量を持たざりき悲しくなればまなこみはりき

「肺量」は「肺活量」のことであろう。泣くということも、肺活量が無ければ出来ないことなのだ。「悲しくなればまなこみはりき」がとても切ない。通常でもこういうことはあるが、しかし物理的に出来ないゆえに目を強くみはる、という身体の対処として歌われているために、感傷的な自愛以上にせっぱつまった感がある。

ジェット機の金屬音かすめわれがもし尖塔ならば折れたかもしれぬ

すぐあとの「秋の庭」より。「ジェット機」はアメリカの軍用機であろう。その金属音がかすめた。その瞬間の危うい感覚を「尖塔ならば」という形象化で身にひきつけた。「かすめわれがもし」という接続の速さ。この呼吸に神経の怯えが生々しい。「もし……折れたかも知れぬ」という口語脈によって瞬間のキャッチが生かされているのであり、インプットされやすいのも、その口調による。
この歌は、葛原妙子が「再び女人の歌を閉塞するもの」（短歌・昭和三十年・三月）に引用して、よく知られる歌になった。葛原は「今までの概念では、多くは写実主義だけがリアリズムであると誤って考えられてゐたのではないだろうか」と述べて、この歌をあげ、「これは女性自らの感覚を信じ、自身を塔に置き替へるといふ反写実の方法の一つ、つまり象徴としては最も素朴な比喩のかたちを取りながら、事実を写す以上に、はるかに真実に肉迫し得た例の一つである。鋭い立体的なイメーヂと乾燥した不安の情緒、それは同時に近代の硬質美の一つの典型であるといえよう。そして私はこの様な作品を『表現』と呼び、最もリアルな作品であると言ひたいのである。」と熱弁をふるって絶賛している。

ほのあかりいづくよりさし雨のなかうす青く急《はや》く流れき野菊は

雨に、どこからか、ほのあかりがさしている空間。そこを野菊がうす青く、はやく流れていった、という。言葉はこびの繊細でうつくしい歌である。すぐ思い出すのは

『白蛾』の「亂れあひまたしんとして野菊咲けりわが顔流れゆくごとき陽の中」である。こちらは「わが顔」が流れて『未知』の歌は「野菊」の方が流れる。実際には自分がはやく歩いていくのだが、自分を消して風景の動きにしている。「急《はや》く」に自分の歩みの速さが出ているのは、病後の回復が実感されているかもしれない。外界の方を主体とする感覚、表現方法を『未知』ではかなり意識的にとっているように思われる。やはり「秋の庭」の「舗道は透明となりいてふ裸木の歩きくるときわれはとどまる」でも、裸木の方を歩かせて、それによって自分をとどまらせている。

ぬかるみは踏み場なきまで足跡がうごめきてをりきのふも今日《けふ》も　「百合根」
かぎりなくみみずもつれて地中より出でてをりそこにきのふは佇ちし　「井戸の底」

近くにこの二首があって、かたちも内容も似ている。一首目、まだ舗装がされないで、ぬかるむところはそこらじゅうにあった。そこに踏み場のないほどの足跡がついている。「足跡がうごめきてをり」が特殊で、まるで泥がうごめくように感じられる。

人間を出さずに人間のひしめきが生なまと迫る。

二首目、「かぎりなくみみずもつれて」「地中より出でてをり」はすごい。歌はみみずだけを見据えているが、何か混沌としたエネルギーや生の欲望のようなものが立ちのぼってくる。戦後の人々も、もつれるように地中から出てきたのではなかったか。

みみずが今出ている、その場所に「きのふは佇ちし」と言う。みみずが出ているのを見て、そこに居た自分をありありと見出すのである。「出でてをりそこに」という字余りが生きる。自分が佇っていた場所にみみずが出てきたのではない。これも、外界から自分を発見している。意識というもののリアルを、森岡は追求している。

＊

樹の下の水道つめたからむ唇つけてむさぼる緊りし音のきこゆる
水の出る蛇口がありて去りゆくと唇濡れてゐるあまたを見たり
公園の蛇口のしたたりも平凡となるまでをりぬこころやすらふ

公園でのスケッチふうの三首。今では公園の蛇口で水を飲む風景はほとんど見られなくなった。かつては、子どもも大人も駆け寄るようにして飲んだことが思い出される。

一首目は水を飲む音だけを語る。欲求を充たすときの集中を「緊りし」と感受し、それを「音」として、離れて聞いている作者がいる。病み上がりの者が感受する外界のエネルギーと言ってもいい。それは二首目の「脣濡れてゐるあまた」にもある。「水の出る蛇口がありて去りゆくと」と、行為自体は省略され「脣濡れてゐるあまた」が、渇きを癒した輝きとして浮かび上がる。「あまた」は子供たちなのか。それも歌には消されている。もし子供たちならば、蛇口から水を飲んでいる情景は描写をそそるものなのに、そこは一切描かない。

そして三首目。ふしぎに惹かれる歌である。人が去ったあと、蛇口から水がしたたっている。「蛇口のしたたり」と、ここのみ九音の字余りが、いかにもしたたるようだ。それが「平凡となるまで」という時間の推移のとらえ方は、前の二首から導かれているのだろう。しばらくは、むさぼりのほとぼりが感じられていた「したたり」が、ただのしたたりになって、もう何の刺激ももたらさない。「平凡」という言葉はかすかに倦怠を伴いながら「なるまでをりぬ」には、それを待っていたようで「こころやすらふ」に順接している。

「なるまでをりてこころやすらふ」でなく「をりぬ」と四句切れにした効果は大きい。一拍置いて「こころやすらふ」が一首全体を充たすのである。「短歌研究」の初出は「をりて」であった。改作したのである。

三首とも、水を飲んでいる描写はない。蛇口というものを中心に、生起して過ぎた時間がある。間接的に感受した時間の流れに、何か深い味わいを感じるのである。

わが肩に重くくもりの垂れてきてふとあふのけの金魚をりたり

上下を「ふと」でつないで、まさに「ふと」のシュール感のある一首。どこに金魚がいるのかも明示されず、いきなり「あふむけの金魚」が出現する。「わが肩に重くくもりの垂れてきて」と、ぐぐっと上から圧迫されてきた身体感覚が「ふとあふのけの」と裏返る。あざやかな転換である。われが「あふむけ」になったように一瞬感じる。

「あふのけの金魚」というと、死んで浮かび上がった金魚のようでもあるが、一首の流れで感じるのは重きくもりの重力から脱したような浮力感覚である。

この歌の初出も、「短歌研究」昭和二十八年七月号の「事實」であるが、そのときは「わが肩に重くも曇天垂れて來てふとあふむけになる金魚をり」であった。「ふと」という副詞からすれば、原作の「あふむけになる」が自然であろう。改作では「ふと」がどこにかかるかあいまいだ。「をりたり」にかかるとも読める。そのことでシュール感が生まれているのである。

金魚の歌では『白蛾』に「薄氷の赤かりければそこにをる金魚を見たり胸びれふるふ」があり、二首ともに森岡の特徴がよく表れている。

＊

昭和二十八年に『白蛾』が出版されて注目されたからか、森岡は二十九年に入ると雑誌への発表がきわめて多くなる。ざっと見ただけでも「短歌研究」二月号に三十首、この年創刊された角川「短歌」の三月号に三十首、「女人短歌」三月号に十首、「短歌研究」七月号に十四首といった具合である。葛原妙子と並んで、というか、作品数でいうともっと多いかもしれない。二十九年はまた「短歌研究」で中城ふみ子が登場してセンセーションを巻き起こした年でもあった。十一月号の「短歌」の「作品月評」には「例えば葛原妙子とか森岡貞香とか、最近では中城ふみ子などといふやうな数人の女流歌人がジャーナリズムによつてもてはやされてゐるからと言つて、直ちに折口信夫氏が要望したやうな女歌の興隆に結びつけるのはやや軽率のやうに思はれる。」(山本成雄)という文章が見える。いわゆる「女歌」への議論もかまびすしくなり、批判にさらされつつ森岡は依頼の多さに喘いでいたに違いない。

この時期の歌はかなり改作されたり削られたり、場所を移動したりして『未知』に収録されているが、それでも未整理、未完成な印象はまぬがれない。表現主義的に実験しているように見えながら、多作の弊害でもありそうな歌も多い。

ぬかるみは陽にかがやけりとどまれる影なるときにわれが佇む
近づけば電柱にのび上る身の影は吾をよびさますごとくうごきし

森岡の歌の特徴がよく出ているので、引用されることの多い二首である。「影」は森岡の主要なモチーフでもある。われが先立つのでなく影を主体として、われを発見する。影のほうが吾にはたらきかける。この逆転の構図を十分意識的にシンプルに提示し得ているといえよう。

この二首は「短歌」二十九年三月号の「正方形」三十首が初出であり、実験的な歌の多い一連である。二首目は初出では「電柱に立上るやうなわが影ありわれは近づき靠れてかゆく」であった。改作のほうが断然いい例である。「よびさます」という動詞は、はじめ無かったものであり、この動詞の魅力が歌の核になっていることを考えれば、全く異なる歌に生まれ変わっている。「われは近づき」以下を排し、一首全体を影を主体として、影のほうに能動性を持たせた方法を意識的にとったことがわかる。

きつちりと手袋はめしわがまへに胴黒き電柱立ちてゐたりき

これも「正方形」の中の一首。特色が際立つので当時から話題になっている歌である。「きつちりと手袋はめし」われと「胴黑き電柱」の存在があやうく拮抗する緊張感が、この歌のモチーフであろう。「胴黑き電柱」は当時コールタールに黒く塗られていた電柱だが「胴黑き」に表現のつかみがある。

三十年四月号の「短歌」の座談会「明日への期待」(大野誠夫・石川克己・片山貞美・吉田漱・前田透・森岡貞香)の中で、この歌が取り上げられている。面白いので引用してみる。大野誠夫が「結局問題の焦点は、電柱の黒き胴といふ表現です。胴などといふ言葉を省略して、黒き電柱に向ひ合つたとすれば、何でもなく判るのに、黒い胴といふ表現をしてるわけなのです。胴といふのは森岡さんの感覚だと思ふのです。感覚といふものは、作家の場合、思想でもあります。森岡さんの歌が新しいといふことになれば、森岡さんの感覚または思想が新しいといふわけでせう。それでこの黒き胴とはいかなる思想か、さういふところから作品の理念なり発想なりについての考へを語つてください」と迫って、森岡は大いに困っている。

「黒き胴」だけが問題で、「黒き電柱」にすれば何でもなくわかる、というのも解せない。「胴黑き電柱」でむしろ意図はわかりやすくなっているのに。初出は「ひとところ黒く塗られし電柱のさみしさにふとわれは傾く」で、これはこれでいい歌である。どちらにせよ、電柱の在りように、自分のあやうさを覚えている。そこに「きつちりと手袋はめし」が対置される。「手袋」と「胴黒き」という言葉が、ある官能的なエロスを引き寄せてくる。

ところで座談会で森岡は答えに窮しつつ「私自身の中に自分で説明のつかないコンプレックスみたいなものがあるのです。それをリアルに出したかったのですが……」と言っている。これだけではわかりにくいが、この時期の森岡の歌の多くに時代や外界への怯えはまざまざとあり、それを存在の関係性として表出する手法を模索していたといえるのではないだろうか。

まだら陽に蕗の群落うごきをりかかるとき手足かぼそしわれは

この歌などは蕗の群落の迫力と、かぼそき手足の対比がごくわかりやすい。これは受動でおさめているが、たとえば

メーデーの列切れしときふきぶりのからもりの中黄薔薇《ばら》を持てり

では、メーデーの列に対し黄薔薇で拮抗させている。この黄薔薇は、きっちりはめた手袋と同じである。

*

聲變りして母喚ぶわれの少年をひるのうつつに怖れるものか
魚を埋める穴を掘りをり海洋が汚されしかば既にかかはる
いつさいがのろのろとして眞晝なり消費されゆくこころいちじるし
ここ突然坂になりゐてわれは佇ついづくを來しかかかる白晝

「白晝」と題する四首。初出はわからないが、前後の歌が昭和二十九年であるので同じ時期か。四首だけの並びが、なかなか面白い。
まず一首目。「われの少年」はすでに声変りの時期を迎えている。少年から男性になった声が喚ぶ、その主《ぬし》をふいに怖れるのである。母親の誰もに共通する異物的感覚ともいえる。「ひるのうつつに」が、ひるのうつつなのにというニュアンスを含みつつ、怖れの兆しを増幅する。少しあとに「豹《ひょう》の目をしてをると母を言ひしとき巷にあひし少年か汝は」という歌がある。こちらは少年が母を「豹の目」と突き放して言っており、言われた母が「巷にあひし少年か」と、ゆきずりの他人の子のような思いを表出する。ふつうは巷にあった少年が言った、という語順になるのに、「言ひしとき……あひし」と逆になっているのである。「いかなるにきのふお前を憎みしと本よむうしろわれは見てゐる」という歌もあり、息子が少年でなくなることへのたじろぎがなまなましい。

二首目は、ぽつんと一首だけあるのでわかりにくいが、第五福竜丸が被災した太平洋上の水爆実験に際しての歌であろう。昭和二十九年三月のことである。築地の魚市場のマグロから強い放射能が検出され、以後、秋まで魚の廃棄処分が続き、消費者の魚離れが起きたと「家庭史年表」に記されている。「魚を埋める穴を掘りをり」というのは、買った魚を処分したことがあったのではないか。時事というかたちでなく、海洋の魚を通して日常が「既にかかはる」という捉え方は注目に値する。

＊参考までに、目に付いた水爆実験に関わる歌をあげておきたい。多くは空からの死の灰を詠んでいる。

放射能ふくめりといふ昨日《きぞ》の雨いま桃の葉にふりそそぐ雨　佐藤佐太郎『地表』

死の灰の言葉をきけばやすからず人間と知慧を憎みおそるる　宮　柊二『多く夜の歌』

音もなく死の灰降りてくる空に受精をいそぐあをき子房あり　倉地与年子『乾燥季』

ぬかるみに光動きて風たてり今日流れゐるいくばくの灰　鈴木　幸輔『禽獣』

そして三首目。

ユニークな歌である。「のろのろとした」でなく「のろのろとして眞晝なり」と一字ちがうだけで、だいぶ印象が変わる。「いっさいが」という俗語の強調も「のろのろとして」に効いてくる。無為な時間の流れの感じを言っていることに変わりはないが、真昼の形容ではない。下では「消費」という経済用語を「こころ」に使ったのがめずらしく新しい。時代感覚を鋭くキャッチした表現である。「いちじるし」とまで言って、一首全体が白昼の非生産的な状態に倦んでいるようである。

この時期、少年は手を離れはじめ、森岡も体力を取り戻しつつある。世の中はひたすら経済復興期である。

草むしりをれば醜《みにく》き地蟲らとしきりにあひぬ生きる仕事欲しき

こういう歌もある。森岡は夫に頼れる一般の主婦ではない。経済的にもだが、自分のためにも切実に「生きる仕事」が欲しかっただろう。「醜き地蟲ら」は自分を重ねていると読めるが、あからさまなので、むしろ相手に開放的にぶつけたひびきがある。「しきりにあひぬ」「生きる仕事欲しき」のあられもない物言いが森岡の一つの特徴で、歌の完成をどこか生々しくかき乱す。

四首目は「ここ突然」という出だしが「突然に」「いつしかに」などと違って臨場感がある。「いづくを來しか」を人生や時代に重ねて読んでしまいたくなるのは、この四首のセットのゆえでもある。

かぎりなく群れつついつか減《へ》りてをり群衆といふはとどこほらざる

「群衆といふはとどこほらざる」は卓見だと思う。「群衆」という言葉は今も使うだろうが、やはり時代を感じさせる。私の子供のときの記憶でも、やたら「群衆」が目についた。広場や駅や踏切りの前、学校での集会、街頭のテレビの前に、あっという間に人が集まってはいなくなる。森岡はこの時代の変貌してゆく都市のありさまをよく観察して歌にしている。

暗渠よりとどく水音流れあへぬものあるらしきすこしくるしき
うつうつと透き立つビルにかぎりなく人はむれつつ見ればかぐろき
鐵骨をかこひて幕のつらなりのひまなくうごく街よひもじき
この夜に建《た》つがらんどう青き火に顯《た》ちつつすさめりわれら棲《す》む都市

昭和三十年に入った時期の作品。東京の川が次つぎに暗渠と化す。その窒息感をうたう一首目。「透き立つビル」はガラス窓の大きいビルだろう。「うつうつと」「かぐろき」とマイナーな形容を重ねる二首目。工事中のビルの垂れ幕のうごきに街のひもじさを感じる三首目。溶接の火に浮かび上がる建築中の骨組みを「がらんどう」と詠む四首目。「すさめりわれら棲《す》む都市」という思いは、これらの都市詠すべてに共通する。葛原妙子はこの時期、ビルの十階に住んでいた。森岡が見上げるビルの中の側に居たわけである。三十二〜三十四年ころの歌には、

そらに近く把手《ノブ》を閉ざせりどの部屋にもガスを噴く小さき栓《コック》はありて　『原牛』
いはれなき生理的恐怖　そらまめの花の目、群るる人のあたまなど
高きよりみし白晝に人群は大いなる魔のごとくながるる

などがある。鳥瞰的な視覚、表現手法の違いが面白い。一首目はアウシュビッツを連想しているだろう。葛原の発想はグローバルであり抽象化の表現にと飛躍していく。

＊

『未知』は大きく二部にわかれていて、一部は「正方形」、二部が「未知」というタイトルがついている。ここからは二部の「未知」に入る。「正方形」と「未知」はタイト

ルの印象と同様に、だいぶ歌の印象が異なる。

　編みて寝る垂髪に棒の感じあり息づくときにわれはせばまる

一本に髪を編んで敷いて寝ると確かに棒の感じがするだろう。そうして息づくと「せばまる」というのは、その棒が意識されることで、棒の幅になるような身体感覚になる。少し切ない孤独感があって、素直にわかる。実際に肋骨の少ない胸は息づくときに窮屈な感じがするのだろう。「われはせばまる」には心境も観念もない。身体としての「われ」があるのみである。けれどもその実存感覚自体に可憐な抒情性が感じられる。

　この歌は三十年十月号の「短歌研究」三十首詠が初出で、この一連は、それまでの外界を対象とした硬質な実験的な歌から、抒情的な感じに移行してきている。

　三十一年三月号の「短歌研究」で大岡信が、塚本邦雄、葛原妙子、中城ふみ子の歌と、森岡のこの歌を並べて難解歌批判を書き、それから塚本邦雄との論争が始まった。そのためにこの歌は何となく難解な歌のように思われているが特にそういう歌ではないだろう。

戰爭と結婚と過ぎきめぐりいま高校生汝と常備軍有用論老父《ちち》と

垂直のさみしきに似ぬ早婚にてみじかき同棲にてわれが産みにき

一首目、「戰爭と結婚」という「公」と「私」の並列に驚かされる。森岡にとってはまさにそうでしかなく、その結果遺された高校生の息子と、老父がいる。軍人だった父は常備軍有用論者である。朝鮮戦争後、五十年体制を迎えて再軍備論は盛んになってきていた。それを主張する老父。高校生にまで成長した男の子を見ると、平和がまた脅かされるような思いがあったに違いない。あえて乱暴なまでの人生の括りに、怒りとかなしみがある。

二首目、「早婚にてみじかき同棲にて」が墜落するような歳月だったように思われる。そのみじかさに「垂直」という言葉を見出したとき、なんともさみしい思いがしたのだ。「われは産みにき」でなく「われが産みにき」で、重心は子の方に行く。ここに確かに子はいる。二首とも回想ではない。現在に直結している。

＊

人のむれはすぐにさへぎるまだ明き夕街にふと別れてしまふを

まだ明るい夕がたの街に、逢っていた人と何となく別れてしまう。その姿は人のむれがすぐさえぎってしまう。

「夕街」という言葉はあるのだろうか。森岡にしては甘い気分的な語彙である。「人の／むれは／すぐに／さへぎる」という、五七調ではないリズムが、繰り返される遮りを感じさせ、「別れてしまふを」から上に戻るのであるが、ここが現在形になっているために、時間が循環するような感じがする。相手は見えず「人のむれ」が主語になっていることが、都市での逢いのはかなさを際立たせる。

『未知』の「翳」からの最後の数章は、どこかしら相聞の気配が漂い、それまでの試行錯誤的な硬い作風とはだいぶ趣きが違っている。戦後復興期の荒々しいまでの都市の様相、群衆の中での喘ぐような実存感覚が、ふと呼び覚ました思慕のようでもある。

黒き學帽の子は前方《まへ》をゆきいつさんに雪のふる晩こころただよふ
雪積みてなほふる夜更け足跡に翳生《かげあ》れながらわれと子ゆけり

これら少年の歌の前のほうには、「頬熱くなりて困りきまぎれなき幾日を經て不意にひと見る」という少女のような歌があり、そうした流れで読むと「ひと」と息子をめぐって、繊細な心理小説のシーンのような雰囲気がある。一首目は「學帽」ですでに黒いのはわかるから、字数を合わせることもできるのに、あえて「黒き」を入れている。前方をゆく雪の中の黒、が強調されているのだ。それを見ながら「こころただよふ」のである。

二首目は自分たちの足跡だから「足跡に翳生れながら」は視覚というよりは心象的な翳であろう。灯りに照らされているのかもしれないが、「翳生れながら…ゆけり」という文脈は、ちょっとねじれている。このねじれに、何か、不可避に翳の生じていく歩みが感じられてせつない。二首ともに、ロマンチックな香りがあり、それはもともと森岡にある繊細な美意識でもある。実験的な硬い作品の間に折々に、こういう美しく完成された作品が登場するのも、森岡の歌集の特徴である。

燈をつらね電車かたみにつきしかば相聞のやうなりわれはめまひす

二台の電車が寄り添うように着いた。ああ、相聞のようだ、と思う。「われはめまひす」が可憐である。「燈をつらね」の「つらね」にも情感がある。

この歌は「相聞のやうなり」と「相聞」という硬い言葉を使ったために、むしろべたつかず、電車という無機物に情感を見出した歌として新鮮だ。

ゆきずりに赤き電話が空《あ》きながらわれ近づかぬとき戀ひてゐつ

公衆電話はいつごろまで赤だったろう。順番待ちするほどいつも混んでいるのに、今空いているのが見える。自分がそこに近づかない、ということによって恋う気持を強く意識する。電話をかけたいという誘惑にかられているのだ。一般によくわかる心理だが「近づかぬとき戀ひてゐつ」という表現が森岡らしい。ふつう、思いが込み上げたが近づかない、といったふうに一首をまとめる。近づかない、という身体の在りようによって、思いが発見されているのである。

小説などでは、こうした意識の流れを表現するのは珍しくないが、短歌の形式ではかなり新しいことだったと思う。森岡は語順を試行錯誤してしばしばぐちゃぐちゃになるが、この歌は文脈が変でありつつも比較的シンプルに、見えやすいものになっている。「近づかぬ／とき／戀ひてゐつ」の句跨りの、ぎくしゃく感が抒情性の流露を阻む。そのあたりもリアルである。

「赤き電話」という「物」が一首の中心として輝いているのも、時代を象徴していておもしろい。これも都市空間ならではの相聞歌だ。

ところで、これらの作品のつくられたころは、若い世代の歌人が登場し、相聞歌が注目されてきている。二十九年には三國玲子の『空を指す枝』、また『未来歌集』が出版されている。二十九年当時、近藤芳美はじめ、多くの男性歌人が、若い世代の女性歌人の清新さを褒め、中年以上の「流行」女性歌人の歌を「歪んで奇形児めいた」「いやらしい」「ひとりよがり」といった言葉でバッシングした。
森岡は明らかに上の世代の流行歌人の一人に属する。葛原妙子と並んで代表選手といっていい。けれども年齢的には上の世代の中では若い。中間の世代の森岡がこうした相聞的な歌をつくるにあたっては、なかなか難しいところがあったのではなかろうか。『未知』の最後のあたりは、姿勢の定まらない迷いが見える。恋と息子を交差させると、いかにもドラマになってしまう。また「まづしきゆゑにあひがたきふる雨に街路抜けつつわれは走れり」などは、次世代の境涯詠的相聞歌に引きずられているような歌であろう。

時をりのわが動揺もかくすなく告げてゆふべの街に別れぬ
何時の日も罪ある如き会ひにしてあはれ一度も燃ゆるなかりし
割きれぬ心のままに会はむとし替ふる服よりボタンが落ちぬ
三國　玲子『空を指す枝』

例えば三國玲子の歌であると「わが動揺もかくすなく」「燃ゆるなかりし」「罪ある

ごとき」「割きれぬ心のまま」といったふうに、関係に対する心理、自意識を一定に解析、提示する理知的な詠風である。一首目の「ゆふべの街に別れぬ」は森岡の「夕街にふと別れてしまふを」と似たフレーズだが、三國の場合のテーマは、その日の会いに自分がどうであったのか、という分析、省察である。森岡の歌は「人のむれはすぐさへぎる」という、その場の空間がすべてである。自分の身体がそこに在るところの空間。

森岡には心理や自意識をまとまったものとして整理、叙述する歌はほとんどない。当時、登場してきた若い女性歌人たち、三國玲子をはじめ、大西民子、北沢郁子、河野愛子、石川不二子らは、共通して理智的かつ抒情的で、あきらかに世代の違いを感じさせる。中城ふみ子は、男性歌人からは、葛原妙子や森岡貞香ら上の世代といっしょにされて批判を浴びているのだが、年齢も三國らとほぼ同じで、作風もやはり新世代の特徴をもっている。

灼きつくす口づけさへも目をあけてうたける我をかなしみ給へ
かがまりて君の靴紐結びやる卑近なかたちよ倖せといふは　中城ふみ子

口づけさえも目をあけてうけた「我」という醒めた自画像を提示する。倖せとは、こういう卑近なかたちである、という把握を提示する。主情におぼれまいとする理知的な自己解析が女性の新しい歌の傾向でもあった。

こういうふうに行けない森岡は格闘している。方向は未知のまま、ゆき詰まり始めていたともいえる。

たれはいまわれにをらざりめのもとの空しさにつく未知よときのま

巻末の歌で、タイトルはここから採られたか。自分に今誰もいない孤独感と、かすかな未知への希いが、呪文のように口をついたままにつづられている。

『甃』

第三歌集『甃』は昭和三十九年に出版された。昭和三十一年秋から、昭和三十九年春までの約八年間の作品を収録している。前歌集『未知』から、だいぶ間隔が開いている。

『未知』を出版した三十一年、森岡は現代歌人協会の発起人の一人として理事になり、「ポトナム」を退会し結社を離れた。三十二年の四月七日から五月末まで、日本婦人訪華代表団に参加して中国を訪問している。同三十二年には同人誌「灰皿」の創刊に参加して、作品の他、訪中記も掲載、座談会にも二回加わるなどしている。

「灰皿」は三十二年夏から三十四年春まで六号を出して終った季刊誌である。新歌人集団を中心に創刊され当初のメンバーは大野誠夫、香川進、加藤克巳、近藤芳美、中野菊夫、前田透、宮柊二、森岡貞香、山本友一で、女性は森岡一人である。誌面では同人はもっと増えて女性も葛原妙子や斎藤史ほか十数名の参加を見るが、創刊にあたって一人だけ声がけされたのは、新歌人集団の同世代の女性歌人は森岡だけだったということもあるだろう。

昭和三十四年から、森岡はNHKラジオの教養番組の企画、台本書きの仕事を得る。取材やテープの編集などもしていたようで『甃』には、そうした仕事上の素材もとり入れられている。

昭和三十五年、六十年安保の年には、短歌と歌論誌「律」創刊に参加している。創刊号の後記に前田透が「編集はさしあたり近藤芳美・森岡貞香・前田透・深作光貞が当っている」と書いているから、ここでも初めのメンバーに組み入れられていたことがわかる。「律」は三十八年の3号で終刊となる。創刊時には戦後派が中心であった「律」は3号では前衛短歌中心となっている。歌論が充実していた「律」では、女性歌人は作品を掲載されつつも、しだいに影は薄くなってきている。

昭和三十九年『甃』が出版されたのは東京オリンピックの年であった。世の中から戦争が遠ざけられるスピードは速かったが、それに逆行するかのように『甃』には、戦争というものへの問いと拘りが一層濃くなっている。全体に硬質で漢語の多い歌集だが、まずこんな歌もあるというところから入ってみたい。

みのむしをついばみゆきし鵯《ひよ》のこと星ちりばめて裸木立てり

昼間、みのむしをついばんでいった鵯を見たのだろう。夜の星と裸木をながめて、そのことを思う。ささやかな現実世界の美しさ、昼と夜の何の関連もない時間が意識の中では同時に存在する不思議を感じさせる。心情を対置させて一首を定立させるのはよくあるが、外界の別々のことを一首にするというのはめずらしい。「みのむし」「鵯」「星」「裸木」と言葉が多すぎるが、こういう外界へのロマンチシズムは暑苦しくない。イ音が多くささやくようにつづいておわりの方にア音が入ってくるのがここちよい。初出は「短歌」昭和三十二年四月号の「都市」。『未知』の後半から続いて都市と愛恋をうたう一連である。「抵抗をはらめる都市群　ちひさなるとも愛戀のことを信ぜむ」という歌もある。

われの見ぬその部屋よあなたは夜を眠るふしぎになりて涙がにじむ

自分が見たことのない部屋に「あなた」が眠るのが、ふしぎで涙がにじむという相聞歌。口語脈で、意味で区切れば「われの見ぬその部屋よ／あなたは夜を眠る／ふしぎになりて／涙がにじむ」と四センテンスの詩のような、歌詞のようなリズムでも読める。

「ふしぎになりて」がういういしい。森岡はすでに四十代に入っている。年齢自体よりも、この世代の女性として、こんなにフラットな言語感覚で相聞がうたえるというのが、どうもふしぎである。森岡は戦前の口語自由律を経由していない。戦後、五島美代子や斎藤史がいくらか復活させているから、その影響もあるかもしれないが、森岡のタッチのやわらかさは、それとも違う気がする。中城ふみ子や、次世代の相聞歌にしても、文体はもっとオーソドックスな文語調である。

＊

何といふ白き急坂の現れてをり都市のとほくして發電す
雲光り斷崖に暗き時間あり巨き工事のいつよりと知らず
うす赤き川はひびきをあげてをりけふ流れて鑛毒ふとし流れゐる
何色なく火力發電所は天邊の思ひすめぐりに灰處理場あり
水母《くらげ》らはたぎちて死ねり灰沈澱池に行く海水は金網を過ぎ

次の章からは一転してまた、こうした硬質の歌に突っ込む。それぞれ場所は違うようだが、地名や解説は記されていない。これらの歌を私はＮＨＫの番組の取材に行ったときのものだとずっと思い込んでいたのだが、定本の年表を見ると、仕事に着いたのは三十四年で、もっと後である。このあたりは「都市」の変貌と同時に「地方」の変貌へと視野を広げて、意欲的に作品化に挑んでいる。

何といふ白き急坂の現れてをり都市のとほくして發電す

連作「山の音」より。森岡らしい特徴を持つ。『未知』の中に「ここ突然坂になりゐてわれは佇ついづくを來しかかる白晝」という歌があり、坂が突如出現するのが共通している。しかし、下の展開が全く違う。そこに見出されたのは「われ」でなく、発電するもの、つまりダムである。「都市のとほくして發電す」に「都市」では見えないシステムへの把握があり、日常というものの構造に関心は向かっている。

雲光り斷崖に暗き時間あり巨き工事のいつよりと知らず

後の歌から未完成ダムの工事現場を見ていることがわかる。現在問題になっている八ッ場ダムを思い起こさせる連作だ。「斷崖に暗き時間あり」の「暗き時間」が長くあったわけで「いつよりと知らず」は、いつまでと知らず、にもなっていく「巨き工事」だらけの時代である。

うす赤き川はひびきをあげてをりけふ流れて鑛毒ふとし流れゐる

違う連作「みづうみ」より。この歌の前は「はなれ馬のたてがみに波散るごとく山毛欅《ぶな》の樹海を越えてきし風」というように美しい放牧地をうたい、その最後にいきなりこの歌が置かれている。地名はないが「みづうみ」はどうやら十和田湖のようなので、川は奥入瀬であろう。

鉱毒はむろん、〈ふと〉流れているわけではない。元凶がある。けれども「けふ流れて鑛毒ふとし流れゐる」という表現には、変わらずに流れるものが流れるままに異なる流れになっている不条理が迫ってくる。

水母《くらげ》らはたぎちて死ねり灰沈澱池に行く海水は金網を過ぎ

次の別の一連「寂しき夏」より。前半の五首が火力発電所の歌で、あとは日常詠になってしまう、まとまりのない一連である。

中でこの歌は特殊な場面を描写しリアルなインパクトがある。水母らが、たぎつ水によって死ぬ。その死は「海水は金網を過ぎ」た時点で直ちにもたらされる。「過ぎ」という動詞の緩さが「たぎちて死ねり」の悲惨への突入感を、際立たせリアルにしているのである。その運命の推移を作者は見詰めつづけている。「灰沈澱池」という語彙も暗示的な効果をもたらしている。どの歌もかなりの破調。特殊な用語が入るからでもあるが、滞らせつつ調べはある。

こういう取材的な歌では写実的リアリズムが効を奏する。写実でない方法を取る歌では、なかなかリアルには行かない。森岡はこの時期、現実をいかに歌いとるかにいどみ苦慮している。

＊

タラップは未還の領土に觸れてゐてぼうぼうと熱き夜あり
有刺鐵線にかこまれながら熱き夜　言葉のなかに日本語低し
さながらにして苦しめりをみなの髮亂れみだれて戰爭に死す
走路より發《た》ちたりしとき眞下になり息絶えし額の白さありき
機にねむり下方なる南支那海にをみなの髮の漂ひてわれ

「をみなの髪」十首より。初出は季刊誌「灰皿」2号（昭和三十二年十二月）の「南シナ海」十首であるが、原作をかなり直して収録している。

この年の四月に森岡は中国に行っているが、その折に機の給油のために夜、沖縄に着陸した。


タラップは未還の領土に觸れてゐてぼうぼうと熱き夜あり

この歌は初出では「沖縄に觸れし一機よりタラップを下りわがぼうぼうと熱き夜がある」であった。「沖縄」を「未還の領土」という言葉に変えて「タラップ」を主語にした。沖縄返還は十五年後の昭和四十七年である。改作によって、未還であるというメッセージ性が強くなった。下句の字足らずで歌が良くなっている。「領土」という語彙は気になる。むろん、「領海」「領空」と一般的に使うが「北方領土」というように国を主体とした言葉であることに変わりない。

二首目は「有刺鐵線張られゐてかわく夜中なりもはや花束は捨ててゆくとき」とい

う歌を改作している。「花束は捨ててゆくとき」ではわかりにくく「言葉のなかに日本語低し」の方が基地であるという意図が明確である。明確なぶん、頭でつくった感じがする。「応答に抑揚ひくき日本語よ東洋の暗さを歩み来しこゑ」という宮柊二の『小紺珠』（昭和二十三年刊）の歌も思い起こされる。ただ、この一連で森岡は沖縄戦で犠牲になった「をみな」を体感として歌っている。「さながらにして苦しめりをみなの髪亂れみだれて戰爭に死す」の歌は思いが先立ってしまっているが、生々しく感覚している。

機にねむり下方なる南支那海にをみなの髪の漂ひてわれ

機のねむりの下の海の「をみなの髪」。それは漂いながら「われ」になってゆく。

＊

途中で気がついたので一言したい。『甃』は歴史的仮名遣いの歌集である。けれどもこの時期の雑誌の初出を見ると、みな現代仮名遣いになっている。昭和三十二年から変えたらしい。歌集に収録するときは歴史的仮名遣いに戻したようである。森岡貞香にも現代仮名遣いであった時期があったのだ。

昭和三十年ころから短歌にも現代仮名遣いが目立つようになってくる。近藤芳美、高安国世、岡井隆、馬場あき子などが現代仮名遣いを選択し「朝日歌壇」が現代仮名遣いに統一されたのも三十年であった。岡井隆や馬場あき子ものちに歴史的仮名遣いに戻っているが、当時の歌集は現代仮名遣いのままになっている。森岡がかなり遅めの三十二年に現代仮名遣いにしたのは、どういう転機があったのか。それも短い期間だったわけである。

『甃』に中国紀行詠は一一六首あり、歌集の前半のかなりを占める。この旅行は「日本社会党訪華親善使節団和日本婦女訪華代表団」という名称の訪中で、三年後に暗殺された浅沼稲次郎も共に行っている。日中の国交が開かれるのは十五年後になるが、当時、政治家や文化人の日中交流がさかんであった。

「短歌研究」（三十二年十月号）の座談会「第三の東洋」で「わたくしは四月七日に羽田を発つて五月末に帰りました。その中で一番長かったのは北京で、メーデーの前後を約半月いました。中国大陸をたてに歩きましたが、北はむかしの満州、いま東北地方の瀋陽までです。南は、以前広東といつたところ、いま広州です。香港までは飛行機でしたが大陸はずっと汽車でございましたから、揚子江も黄河も渡りましたし南京も武漢も通りました。上海には一週間、西湖に三日ほど遊びました。」と述べていて、旅程がよくわかる。

森岡は少女期、軍人の父の任地である中国に移り、奉天の小学校を卒業し、奉天の女学校に入学している。中国は昔なつかしい土地であっただろう。

もつこになふ勞働者群より黄の埃吹きあげてをり城門のあり

「北京」の冒頭の歌。のっけから「もつこになふ勞働者群」と切り出して、新中国に入ったというダイナミズムを感じさせる。「より……吹きあげて」がねじれている感じだが、労働者群のあたりから黄の埃が吹きあげている、という状態である。まずそれが目に入り「城門」を見る。意識に沿った語順である。「勞働者群」という用語は当時抵抗なく使えたのだろう。日本国内でも「万国の労働者」などと歌っていた時代。新中国であればより輝かしいひびきがある。次の歌の、

城壁に沿ひて大溝掘られつつ賑ひて人手限りしられず

で、掘った黄土から立ち上る埃らしいとわかる。「短歌研究」（昭和三十二年八月号）の「北京　三十五首」が初出であるが、原作は「城壁に沿いて掘りおり大溝のなかしずかにて人等働く」である。「賑ひて」と「しづかにて」が対照的なのは面白い。情景としては、原作の方が伝わる。改作は解説調になっている。

例のごとく、かなり改作し、他の一連とも合わせて構成も変えているのであるが、私は「短歌研究」の「北京　三十五首」の方がずっといいように思えた。目に映ってくる情景が流れとして、こちらにも自然に入ってくる。歌集では表現意識が強く出すぎて、紀行としての機会詠の良さが減少している印象がある。

工人群の青衣つよくし流れつつひととき逆流するは旅びと

「工人」は中国で労働者のこと。（ついでながら戦後あった同人誌「工人」は工匠―アルティザンの意味である。）工人はみな青い衣であったらしい。「つよくし流れ」と一色の青衣の圧倒的な流れを強調する。そこに自分たち旅行者の歩みが逆方向だった。そんな情景だが「ひととき逆流するは旅びと」というフレーズは印象的だ。時代の流れと、異邦人が交差するようなスケールの大きさがある。

この歌は「短歌研究」にはなく、新たに入れたものであろう。新作に完成度の高い作品がある。

夜の胡同は息のごときしろき甃《いしだたみ》あゆめれば歩みくるは翳《かげ》濃きむかしか

これも上下の対応が前の歌に似ているが、場所の違いに沿って連綿とした文体になっている。胡同は小路で、北京の胡同はふかぶかと長くレトロで有名である。「あゆめれば歩みくるは」はいかにも胡同を歩いていく雰囲気がある。「息のごときしろき甃」

は独特の比喩、胡同が生きもののように息づく感じがする。どの句も字余りで、小路が伸びてゆくような韻律に魅せられる。ただしそれがちょっと過剰かもしれない。歩みくるのは「翳《かげ》濃きむかし」。この擬人化は破格ながら美しい表現である。

北京監獄思想犯半數を占めることリラ咲く前庭を持てること

「北京　其の三」は北京監獄の歌を五首収録する。当時は監獄は案内ルートの一つだったようだ。「思想犯半數を占めること」も、そういう説明があったのか。中国当局としては、監獄は思想教育機関としてアピールするスポットだったのだろう。二つの「こと」を並列して置いたところに工夫がある。「リラ」という花の名がいかにも上と対照的だ。

大運河に沿ひつつ夜行すわが少年の父の受彈地は黒きふくらみ

夜汽車に乗って通過しているのだろうが「列車に」などと言わず「大運河に沿ひつ

つ夜行す」と切り出すのが、まるで軍の行進のような緊迫感のあるタッチである。「わが夫」でなく「わが少年の父の受彈地」という言い方をしている。少年と父への思いはつねに重なるのである。「黒きふくらみ」に、何も見えない、はかりしれないものの気配を感じさせる。

森岡の略歴には「昭和十二年　支那事変起る。夫北支戦線にて重傷」と記されている。「日本短歌」（昭和十五年三月号）の「戦線の夫を想ふ銃後の歌」の特集で森岡は「爆創」という一連を出しているが

電話に出でし母の足許に座りつつ戰死かと問ひ身ぬちふるへぬ（夫滄洲にて傷つく）

とあり、受弾地は滄洲のようだ。河北省で天津に近い。「爆創」では、他に

わが縫ひし肌着も夫の血に染みて裂けてか居らむ涙こみあぐ
雨降れば傷つきし夫も濡れ居まさぬ思へばくらき日の續くなり

と、夫の状況を案じて切々と歌い上げている。肌着が血に染まる、とか雨に濡れているとか、当然ながら想像は傷ついた夫の状態にしか及ばない。それが「甃」の「大運河に沿ひて」に続く歌では、

夜の霧の湧き出づると思ふにも人合庄夜襲戦　人の叫喚
生きながら一隊は進みしか舊黄河の床に巨石はころぶ

と、戦後になって知り得た戦地の状況をイメージしようとしている。「人合庄」はわからないのだが、地名であろう。「生きながら」は、当然のことを言うことによって、生きながらにして、という凄まじさがリアルである。渡河の苦難を具体的に想像している。「黒きふくらみ」の中には、観念的にはつかめない、もろもろの具体があったことを、体感しようとしている。

＊

ぼろぼろになるまで地圖を見き戰爭のあはひに產みにき愛戀なりしや

歌集では中国詠のすぐ後の章の冒頭に置かれている。実際には二年ほど後の歌になるようだが、つながりを感じさせる配置になっている。

「ぼろぼろになるまで地圖を見き」と大いに破調の初句、一首を三つに切っての「愛戀なりしや」と唐突に問う結句に、突き上げてくる思いの丈がある。夫は二度中国に出征し、その間に数年の家庭の日々があって子供が産まれている。二度の出征中、ぼろぼろになるまで中国の地図をながめ暮らした日々がある。それは「愛戀」だっただろうか、と自分に問うのである。

垂直のさみしきに似ぬ早婚にてみじかき同棲にてわれが產みにき　『未知』

ほそみちが飛ぶやうに見え冬園を見たりと思ふ早婚なりしと思ふ　『甃』

くり返しこのテーマはうたわれている。

「垂直」「ほそみち」という言葉に、一九歳で軍人の妻となり抗い難い時代に、一直線にそうしかありようのなかった歳月が、感慨としてではなく、空間のかたちとして把握されているのが特徴的だ。掲出歌もそうだが、一つ一つの体験を、これは何だったのか、何だったのかと切断して凝視するとき、感慨に浸るような調べはない。

*

幾千の兵隊の死を見据ゑたる瞳は　ちちの瞳の空きにける
肉親のひとり滅びにし悲しみにその意味傳へてよわれは子なれば
慘として熱き渚に死にてゐる今も死にてゐる上陸戰に率てゆきしより
沙魚《はぜ》が目をみはり手許に上り來《く》とちちは言ひにき死なんとして

父の死をうたう「周劍」二十一首より。森岡の父は昭和三十四年に亡くなっている。父、森岡皐《すすむ》は昭和十六年に京都第十六師団長に就任。前任者はかの石原莞爾である。

太平洋戦争開戦の翌年、ルソン島に敵前上陸し多くの兵を失った。首都マニラを占領。バターン半島で激戦。軍司令官は「死の行進」で戦犯となった本間中将である。その後フィリピン、レイテ沖上陸作戦ののち、森岡皐は十七年に帰国して予備役となった。

森岡は父と同居していたようだが、生前は『未知』に「戰爭と結婚と過ぎきめぐりいま高校生汝と常備軍有用論老父《ちち》と」という一首があるのみである。

一連の挽歌も、自分にとっての父への思いでなく、軍人としての父の最期を見据えた独自のものとなっている。

一首目、師団長であった父の瞳は幾千の兵隊の死を見据えた瞳、それがいま空いたのだ、と詠む。「見据ゑたる」に鋭さがある。この瞳が、それを見据えたのだ。その瞳の死は、そこに在った幾千の兵隊の死も消去させたのだ。この思いが、一字空けに突き上げている。

二首目、戦死ではなかったが、夫はこの戦争によって滅んだ一人である。その悲しみに対して「その意味傳へてよ」と父に迫る。ここでは「われは子なれば」と、軍人でなく父であることを求めて問いかけている。

三首目、父が「上陸戰に率てゆきしより」兵は「死にてゐる今も死にてゐる」という進行形が生々しく痛切な声をひびかせている。強引な作戦によって熱き渚に惨として死んだ兵たち。今もみんな死につづけているのだ、と死んだ父を揺さぶるような烈しさである。

四首目は死の間際に父の言った言葉だけを述べて、深い印象を残す。「沙魚が目をみはり手許に上り來」が父の最期に見たものであった。釣りの追憶なのだろうが、暗示的でとてもおそろしい。「目をみはり」に衝撃がある。

葬列を堰きたる貨車のいづこ行く思へば砲を積みたるならむ

一連の最後に置かれた歌が、葬列を堰く貨車のほうであるのが印象的である。砲を積んでいるだろう、という。再軍備、戦争への危惧は、森岡を去らなかったのだ。

＊

録音テープの切屑ぬめらに溜りたり切屑のなかにも聲はひそむを
録音テープつなげる薄き軋《きしり》にてわたしは黄ばむ記憶のやうに
動搖する聲のきれぎれ群衆の音を錄せりき罪ふかきまで

昭和三十四年から四十一年まで「ＮＨＫ教養番組企画及び台本を書く」と年譜に記されていて、森岡はこの仕事によって自立できたようである。仕事に関係すると思われる歌は多くはないが点在している。企画、台本書き、と年譜にあるが、録音テープの編集もよくしていたらしく、当時の切り貼りのさまがうかがえる。

一首目は「ぬめらに」がいかにもテープの切屑の溜りの感じで「切屑のなかにも聲はひそむを」が斬新である。二首目は、テープをつなぐときの、キュッというような軋る音だろう。そのときに自分が記憶のように黄ばむ、という。テープをつなぐときに断ち落されるものに、記憶というものの在りようをだぶらせ、物質や空間の隙間に時間を見る発想は森岡らしい。

三首目も同じく録音の歌。当時は六十年安保のころで、「群衆の音」というのが、その群衆なのかどうかは不明であるが、何かその時代の空気は感じられる。「あゆみつつ轢死の少女の時間にて夜風は肢を冷たくしたり」という歌も、同じ一連中にはある。「動揺する聲のきれぎれ」が抽象的ではあるが生々しく、それを録音するのが「罪ふかきまで」という感受を、観念的にひびかせない。

特に『未知』から『甃』は外界の事物に触発されての歌が多くなっている。

その点について葛原妙子が『未知』を論じた文章の中で、事物―切株、電柱、蛇口、鉄骨、カンテラ、レールなどが、作者の無意識の不安、願望の反映であり、それを理念化せずに原型のままにとどめることによって鋭いリアリティを獲得していることを指摘している。その上で「だが、それらは（事物は）もはや作者の内部のいはば官能の不安定の具体化としての意味よりも、危機をはらむ外界の物体としての意味の方により重みを移してしまっていることに注目しなければいけないと思う」として、外界の流れ、変貌は突き止められないままに迅くなるばかりだと、森岡の歌への危惧を論じている。（「灰皿」6号・昭和三十四・四月）。

森岡が内部の反映や形象化という方向よりも、外界の意味の方に重きを移した、というのは確かである。それはむしろ、内部というものがアプリオリに在るわけでなく、外部についての意識にしかない、ということを方法化しようとしていたといえる。しかし前衛短歌や葛原妙子の方法がきわやかに理念化、形象化されるのに比べて、『甃』の歌はしだいに外部を微分していくかのように晦渋になっていく。『甃』は決して読みやすい歌集ではないし、悪戦苦闘といってもいい。しかし現実への関心は森岡の中でかりそめのものではなく強かった。

『珊瑚數珠』

第四歌集『珊瑚數珠』は昭和五十二年、六十一歳のときの出版である。前歌集『甃』から何と十三年が経過している。

「後記」に「作品の順列は製作順がいくらか前後した。昭和四十七年の春に火災のためまたたくひまに家屋が全焼し、私はうたのメモも控え帳も発表作品の切抜きもすべて焼失したので、この集をまとめるまでには思いのほか難渋した。刊行も予定より遅れた。この期間の全作品を再収集して見直すことはついに出来なかった。」と記す。この火災で焼け残った珊瑚の数珠をタイトルとする。

火事で焼失したときでさえ前歌集から八年も経ってしまっているのである。それから五年かかったのだ。時代も大きく変わっている。時代を投影する外界の素材はほとんど見られない歌集である。

一首一首の印象も、一冊の印象も今までとはかなり違う。森岡貞香の後半の作風は『珊瑚數珠』からはじまっているといっていい。収録の歌は昭和三十九年から四十七年まで、ほぼ八年である。

ふる雪に光りふるひゐるまんじゆしやげそれはあそびに遠きひとむら

冒頭の「幽明」七首の一連の一首目である。『未知』『甃』と読んできた目には字面からして印象が違う。ひらがな書きがたおやかで美しい。「それはあそびに遠きひとむら」なんて、およそ森岡らしくなくて驚く。

雪がふっているのだから、むろん、「まんじゆしやげ」は葉むら。その青い葉むらが光りながら震えているのである。その、花のないひとむらを見つつ「あそびに遠き」と思う。

戸のすきより烈しくみえてふる雪は一隊還らざる時間のごとく

すぎし人すぎし日網羅して雪ぞふる　けふきさらぎのするゑつかた

「幽明」七首の最後はこの二首である。ここに来て、まんじゅしゃげの「あそびに遠き」青い葉のひとむらは、一隊と重なるようにも思えてくる。

この二首はあきらかに二・二六事件を歌っていよう。森岡は新婚時代に二・二六事件に遭遇している。結婚は昭和十年の十二月で、二・二六事件は翌年の二月に起こった。新婚二ヵ月目のことである。早朝の報せに夫は刀をもって飛び出して行ったそうである。「取調べを受ける」と森岡貞香の年譜には記されている。松本清張の『昭和史発掘』の二・二六事件の前段階の「相沢公判」のあたりに、森岡の夫の飯淵幸男はしばしば登場する。近衛歩兵であり、かなりの時点まで（十年の九月ころまで）同志であったが、のちに退いた、と記述されている。

二月末のみだれる雪に、その日を思い起こすのは蓋し自然であろう。一首目、「戸のすきより見えて烈しくふる雪は」でなく「戸のすきより烈しくみえてふる雪は」という語順である。自分の体験した時間がそこに烈しく見えているのである。「時間のごとく」ふる雪、という表現が森岡らしい。

二首目は、それを異なるかたちで詠む。「網羅して」という散文的に使われる漢語が特異である。「網羅」の「網」は魚をとる網、「羅」は鳥をとるあみであり、もらすことなく捕える、という意味である。雪は「すぎし人すぎし日」をもらすことなく網に入れて降る。森岡は漢語の原義に生々しさを生かして使っているのである。上は字余り、下が字足らずの大いなる破調だが、調べは美しい。

森岡にとって二・二六事件は、事柄の意味よりも戦争の時間に入ってゆく端緒として記憶されているのであろう。そして戦争とは男の時間と女の時間が峻別され、男女の性差というものが極立つ。前に置かれた歌「ふりみだれ雪のふるなり幽明に乳房のかなしみ宿るがごとく」が、ことさらに女身を際立たせているのも故なしとしない。

けふ髪をあらふ流水のとよみの中人立ちて渡河をぞ喚ぶ

次の章にある歌。髪を洗う姿勢で流水のとよみを聞きながら渡河を指令する声をきく。人の連想はふとした動作や音や匂いから、あらぬ方へと及ぶものだ。そのリアリティがこの歌にはある。「けふ髪をあらふ」という初句と「渡河をぞ喚ぶ」という結句が日常と戦場の遠さを一挙につなげて、どちらも生々しい。

＊

陰立ちの美しきなり明けとなりてさまよへる樹は樹の中に入りし

「青葡萄」十一首より。「陰立ち」という言葉はあるのかどうか。これは木の影が立っているのでなく、木がまだ陰って立っているということだろう。夜のあいださまよっていた樹が樹の中に入る、という発想が美しい。ドイツロマン派のような雰囲気が漂う。実際にも夜明けというのは樹が周囲から分かれて見えてくるので、樹が戻ってきたような感じがするのである。森岡の歌が成功するタイプのモティーフである。

寐むとしてさみしきゆゑに人間の茂りのさまのひしひしとせり

「青葡萄」の最後の歌。「ゆゑに・・ひしひしとせり」というつながりが難解だ。「人間の茂りのさま」と草木や藪が繁茂しているように言ったのがおもしろい。女性の歌人としては、あまりないタイプの詠み口ではないだろうか。さみしいから、人間が茂っているさまがひしひしと迫るように感じられる、と一応読んで、何かそれ以上の深みがあるように感じられるのが、この歌のふしぎなところである。何となく佐藤佐太郎の「暮方にわが歩み来しかたはらは押し合ひざまに蓮しげりたり」を思い出した。

次の章に「いまわれは言はむかたなく身をば折りくるしみしのちねむりに入りゆく」という歌があり、こちらも寝際の歌。「身をば折りくるしみしのち」と外側から自らの形態を見るような述べ方が、ちょっと可笑しく独特の味わいをもっている。

ひあふぎの鳥羽玉にしていま跳べばうつくしき空合の下に着かむか

「鳥影地邊」より。ひおうぎの黒い種子が「ぬばたま」で「ぬばたまの」という枕言葉になったと言われている。「射干玉」などさまざまな表記があるが、ここでは「鳥羽玉」という表記を選び、いかにも飛んでいくようなイメージが立つ。「ひあふぎの鳥羽玉にして」という言い方は、あのぬばたまなのよ、という心持が入っているだろう。「空合」は空もようということで「うつくしき空の下に着かむか」でもいいところを「空合」を使い、あえて十字もの字余りにしている。この古語が美しく、この字余りが調べになっている。「空の」だとかえって落ち着かないのである。

ぬばたまがいま跳んだら、このうつくしい空合の下に着くだろう、というのである。時間をかすかに先に、未来にずらすように成り行きを思う。その必然の線を描く歌が森岡にはよくある。

射干のぬばたまにして横ざまに飛ぶいきほひをかなしまざらめ　『黛樹』

壜に立つ射干の黒實いつまでといふことなけむ散るまでのあひだ　『少時』

射干の実を森岡は好み、しばしば歌っている。森岡宅のテーブルには壜に枝ごとぬばたまがいつも飾られていた。

つきのよるしろくたふれし道のうへ出で來しわれの散歩してをり

「戀戀」より。「しろくたふれし道」というのがシュールである。その上を、出て来たわれが散歩している、というのも特異だ。自分の居る風景画を見ているようだ。こうした「われ」の離脱感は森岡の作風になっている。

月光の照らす白い道は幻想的でもあるから「たふれし道」が自然に受け入れられる。この前の歌は「つきのひかり抜けとほりける道はこよひ行く先き先きにたふれゐるらし」であり、倒れている道はすでに心象としてあり、出て来て散歩しているのもイメージであるかもしれない。それはどちらでもよく、歌としては「つきのよる」が断然すっきりと立ち上がっている。

＊

今日もむかし夏のゆふべに倒れゐる空罐に雨かがやきてふる

簡明に立ち上がっている歌である。入り組んで難解になりがちな森岡の歌としては、すっきりとしてめずらしい。作品化という上で、一首を屹立させる簡明さを会得し始めるのが『珊瑚數珠』の時期といえる。

倒れている空缶にふる雨。ごく些末で平凡な光景がかく美しくかがやくのは、むろん「かがやきて」という動詞にもあるが「倒れゐる／空罐に／雨／かがやきて」のア音韻の畳みかけにも拠る。雨のふり方がかがやいている。降る雨が打つようなリズムがあるのだ。この眼前の景に「今日もむかし」がかぶさると、眼前が一瞬にして遠退く。

「今は昔」と物語を始めるように「今日もむかし」と、この景は語られるのである。今は昔のことになりましたが、というのでなく、今日もむかしになってしまうのですが、ということだろう。今がたちまちに回想と化すような、ふしぎな感覚におそわれる。

このあたりの歌に「たふれ」「たふす」という動詞がかなり目立つ。自分でも思い当たるが、動詞というのは或る時期、妙に偏って使うことがある。不思議なことで何かの無意識が働いているようだ。

この歌は「今日もむかし」という二十首の冒頭に置かれている。夫の墓参に始まる連作的な流れがよく、いい歌が多い章なので、順を追って紹介したい。

樹の茂る墓地の日陰を踏みつけてゆけばわれより憂愁の去る

二首目。「踏みつけて」という強い歩き方が「憂愁の去る」という心動きをもたらす。しっかりした徒行は頭を空にするからリアリティがある。「憂愁」が森岡らしい語の選びで「去る」といういうきっぱりした断定がいい。

髪すこし亡體《から》よりとりしは見さかひもなかりしこころわれは寂しゑ

三首目。「憂愁の去る」から、思いは夫の亡骸を前にしたときの生々しい追憶に飛ぶ。夫の髪をすこしとった、その行為は動顚のゆえであったと思い返されて、つくづく寂しいと思うのである。古調の詠みぶりで、森岡はこういう詠み口に長けていて、地《じ》の素養を感じさせる。

戀ひおもひとよもすときに何故かくも現前に石だたみ崩れゐる

四首目。「寂しゑ」から今度は「戀ひおもひ」に移る。髪をとったというのも見さかいない思いであるから、自然な昂まりでもある。それにしても、この一首の息もつかせない畳みかけはすごい。「戀ひおもひとよもす」があたかも石だたみを崩れさせたかのよう。「とよもす」は鳥の声や外界の音を表すが、それを「戀ひおもひ」という感情に直接つなげたのは破格ではなかろうか。下句の「現前に／石だたみ／崩れゐる」と5・5・5の音、字足らずがまた石だたみの崩れさながらで、上句の古調から「何故かくも」でだだっと下につながるあたりの呼吸が面白い。

小休止の影溜めたりし一隊のいまは居なくに皮具のにほふ

二首おいて七首目。墓地は青山だから青山錬兵場か。小休止の一隊を「影溜めたりし」と「影」で表現するのは森岡らしい。おのずとそのときの時間が感じられる。「溜める」という動詞が、ここでもユニークである。影が何か液体のようで、また、一人一人の影が溜まって一隊の影溜りになっているような生々しさが生じている。いまは皮具も匂わないのだが「皮具の匂ふ」と断定して悲哀が強い。記憶の匂いは、現実には匂わなくても匂うことが確かにある。

照りつけてかがやく墓石よりすさりけりへだたりて見るはかなしまむため

八首目。ここで墓に対面したわけだが、「へだたりて見るはかなしまむため」が味わい深い。かなしむには距離が必要なのだ。「ため」と理由づけのように述べられているが、「すさりけり」という動作から抽《ひ》き出された気づきであろう。

＊

晝ふけて人さまざまにある車中われは珊瑚の數珠をたづさふ

次の章の「春彼岸」より。タイトルになった「珊瑚數珠」が登場するが、初出は「短歌」四十四年六月の「春彼岸」の一連で、四十七年の焼失よりだいぶ前である。これが後に焼け残った珊瑚数珠だと知って読むと、何かふしぎな感慨をもたらす歌だ。電車にはさまざまな在りようで人々がいて、自分は珊瑚の数珠を携えている、というだけの内容。ごくさりげない。「晝ふけて」の一首全体へのかかりかたが深ぶかとしている。

葛原妙子が一九七〇年版「短歌年鑑」の「作品点描」でこの歌を含む三首をあげて、表現の在り方が以前とは変わってきたと述べて、このように言う。

「要するにここでは作者従来の個性的な、率直にいえば気ままな、加えて口早なものの言い方から脱して、余裕のある老練な語り方となっているのであり、同時に短歌の常なる律調と抒情性への回帰が見られるのである。」

変化を評価しているようだが、評価ばかりではなく複雑な思いであることは、続けて歌をあげて、こう言っていることからもわかる。

「さりとてすべての歌が変化しているわけではないことは、たとえば、

藍菫菜の咲き出しひかり漂ひの戀ほしかるともけふは過ぎてゆけ

倒れゐるところに近づきしはけふならず變ることなくありありとして
ゆふあかね流るるときに緊迫す　蟻の穴けふより開きつ

を見れば了解される。ここでは作者本来のもの言いによる破れた律調によって、直接、鋭利、敏捷、可憐など作者のもつ内実の特性がまざまざと精彩を放つのである。この不思議をどうすればよいか。

なお、

淡雪の消えしばかりに青黒きりゆうのひげあり善きかしらずも

などには読者の理解を深めながらさらに表現の個性を飛躍して行く試みが見える。この結句はやや老成の相を見せすぎていると思うのだが、わたくしはとにかくこの試みを祝う。」

長い引用になったが、葛原がつねに森岡の歌の方向性を注意深く見守っていることがよくわかる。「昼ふけて」の歌はいかにも、さりげない「老練」さが、森岡らしくないと思っているのだ。

面白いのは、葛原のあげた歌はみな誌上からなのだが、森岡は、作者本来のもの言いの歌として上げられた三首のうち二首を、歌集では改作してしまっている。

藍菫菜の花咲けるあかるさの戀ほしかるともけふ過ぎてゆけ
僵《たふ》れゐる人のところに行きつきたくゆめと知りつつあへぎたり

あきらかにシンプルでわかりやすくなっている。葛原の批評は読んでいただろうが、森岡は簡明に歌を立たせることを志向しはじめていたようである。そして、

ゆふあかね流るるときに緊迫す　蟬の穴けふより開きつ
淡雪の消えしばかりに青黑きりゆうのひげあり善きかしらずも

は歌集に収録していない。「淡雪の」の歌は葛原が特に評価したにもかかわらず。これは何故だったろうか。二首とも、少なくとも歌集から削る理由があるとは思えない。これらの歌だけでなく、この時期の「短歌」や「短歌研究」に発表した作品を、森岡はあまり歌集に入れていないのである。初めは焼失のせいかと思っていたが、一連の取捨選択や改作などを見ると、そうでもなさそうである。

森岡が「石疊」を創刊したのは昭和四十三年。すぐに茂吉の歌の鑑賞を連載し始める。土屋文明の歌もまじる。以前から読み込んでいたと思われるが、この時期に森岡の作品が表現主義的な傾向から短歌の様式美を伴いはじめるのは、一つの影響といえるかもしれない。それと歌集の作品収録の取捨選択は、どう関わっているのか、いないのか。同じ茂吉好きの葛原妙子との摂取の方向の違いは意識していたにちがいない。

*

ふくらかなる野鳩去りゆきてその後にまた一様の荒庭ありき

「また一様の荒庭ありき」という固い散文的な叙述が、日常性から離れた情感を付与している。家の庭らしいのだが、そういう感じがしない。野鳩が去れば、その前と一様の荒庭があった、というのみである。ここに「時間」が強く感じられる。「荒庭のあり」でなく「ありき」が何か気遠い語りの寂しさがある。

「ふくらかな野鳩去りゆきその後に」と字数を合わせると、なだらかすぎてふんいきが損なわれるだろう。ちょっとしたことだが、ふしぎなものである。この歌は「短歌」での初出では「ふくらかなる野鳩も去りて一様の荒庭となるまでを見てゐたり」であった。こちらは『未知』の「公園の蛇口のしたたりも平凡となるまでをりぬこころやすらふ」という歌を思い出させる。「なるまでを見てゐたり」と時間の推移を自分の意識によって表出するのも森岡の特徴の一つだが、改作ではそれを捨てている。簡明に立ち上がった歌になった。

輪かざりを掛けしわが門書ふけてこの藁しべのために風來し

めずらしく正月らしい歌のいくつかの中の一首である。私はこの歌が以前から何となく好きだ。門に掛けてある正月の輪かざりが風でそよいだ。そのことを「この藁しべのために風來し」と言ったところがゆかしい。「輪かざり」を「この藁しべ」と、言い換えているのだが、これは案外にふしぎである。正月の輪かざりは、ただの藁しべではないからだ。お祀りすれば縄も藁も神聖なものに変わるのが日本の約束事であろう。なのに、ここではあえて「蕊しべ」と言って、そのささやかな蕊しべのために風は訪れて来ているのである。「輪かざり」は「蕊しべ」であるということのなつかしさ、親しさをふと感じている。吹く風もなつかしく思えたのだろう。この歌は破調もなく「晝ふけて」の入り方もなだらかだ。

『甃』までは高度成長期の都会の様相を歌うことも多かった森岡だが、昭和四十年代に入った『珊瑚數珠』では、そういう歌はぱったりとない。かわりに日本の風景や植物や鳥や、暮しの古来のものに関心をよせるようになってきている。

ふるき車體の捨ててあるところ天人奏樂の天上畫をおもふなり

現代風景がなくなったと書いたばかりだが、こういう歌もある。この前に「道のべに彩崩れつつ朽ちゐるは車體か見つめすぎて變なり」があり、情景がよくわかるのだが、引用歌の唐突な連想だけを読んだほうが面白い。「ふるき車體」に「天人奏樂の天上畫」を思うとは。現代美術展で、こういうタイトルでオブジェが置かれていそうでもある。この歌では「彩」という視覚を入れず「捨ててあるところ」という、ぼかした提示であるために、時間性が含まれ、或る神話的な風景が感じられる。上から下まで破調、唐突な連想がそのまま投げ出されている。「沼べりの一樹が千の股見えておどろくべし　文章に似ぬ」という歌もあり、枝分かれの多い一樹に「文章」との類似を見ている。

こうした歌を暗喩的に構成して作品化することも可能であるが、しかし、森岡はそういう方法はあくまで採らない。現実からの触発をそのまま残すのである。

＊

みちのくに雲集《よ》るひと夜を泊《は》てしわれ口中に鯉のにほひす

旅行の一連だが蔵王の見えるあたりであることしかわからない。「みちのくに雲集《よ》る」という天空のダイナミズムから「口中に鯉のにほひす」という身体の感覚に至る落差におどろかされる。しかし、たとえば、「雲集る夜」「口中に鯉のにほひ」と直に結びつけると、俳句の配合的で案外平凡にもなる。「ひと夜を泊てしわれ」が入ることで、配合的にならない。「泊てしわれ」で切って一呼吸置く。そして「口中に鯉のにほひす」は八・四音の大幅な字足らず。ここは「にほひしてをり」ではやはり駄目なのだ。唐突な置きかたに瞬間の完成がある。

少し前には「文旦を食べし口許にほひをりうつむきゐつつふとしくるしむ」があり『黛樹』には「さみしきにこのなまめきは食うべける鯉の香り顔の邊りを去らず」があって、食べたものの匂いが自分から発することに拘泥している。みちのくに一夜泊てたのは葬儀のためであった。

棺の位置あらたまりたる座敷より雪積む庭の見えてあかるし

みちのくは葬儀のために訪れたようだが、どういう関係の誰の葬儀かは触れられていない。場面があるのみである。

「あらたまりたる」は移動したということではなくて、棺が置くべきところに置かれたということであろう。この動詞の長さが下に効いてくる。その座敷から雪の積った庭が見える。二つの空間が簡明に提示されて「見えてあかるし」の位相の異なりがこの歌のテーマである。「棺」は「ひつぎ」か「かん」か。一首全体が「ア」音を基調として「イ」音の多い歌になっている。どちらの音で始まるかで印象が変わる。「カン」だとややひびきが強いようである。

ゆふまぐれ二階に上る文色《あいろ》なきところを若《も》しかして雁《かりがね》わたる

『珊瑚數珠』の終わりに近い「文色」の章最後の歌。森岡の代表作の一つとして、よく引かれる歌である。「文色」は「文目《あやめ》」と同じで、区別のつかないぼんやりしたさま。「二階に上る文色なきところを」と続けて読めるのだが、そうすると二階に上がる途中に窓から夕暮れのぼんやり分けがたい外が見えるようにも思われる。または上る途中で雁の声がきこえたような気がした、とか。どちらにしても「二階に上る」が「文色なきところ」にかかるのは強引なので、「二階に上る」で切って読みたい。二階に上る自分。この夕暮れの文色ないところを若しかしたら雁がわたっているかもしれない。そう想像してふとときめく。

いずれにせよ「文色なき」という古語の選択と「ところを若しかして」と九音の字余りで畳みかけた口語口調の大胆さが、ふしぎな魅力になっていることは間違いない。ここにも二つの空間がある。

宮柊二の「七階に空ゆく雁のこゑきこえこころしずまる吾が生あはれ」(『日本晩歌』)という歌も思い出される。

軍手もて焼け跡を掻くときありき疲れしゆめのなかなるごとく

歌集の終りに近い「涕」の章に、家の焼失に関わる歌が少し出てくる。昭和四十七年の春のことだと「後記」に記す。いかに現《うつつ》とも思えぬ衝撃であったことか、そのあとの虚脱状態がよく表れている。軍手でただ焼け跡を掻いている、ゆめのなかのように。この歌は素直で印象にのこる。

よもすがら焦げし臭ひのたつ髪毛かがまりにつつわれは否まず

炎上せる家ゆ走りいづる罪ふかき影のごときのわれまぬがれず

という歌が続く。この二首の結句「われは否まず」「われまぬがれず」はどういうニュアンスであろうか。内向して、無力感、自責の念にとらわれているようだ。火事の歌ですら他の日常の歌にまじるように置かれ、突出しない。森岡の編み方の特徴であろう。少し後に、

悲しむといふ力さへ缺きしかとおもふこよひに雨しづかふる

に痛手のほどが感じられるのである。

『甃』の時期までは総合誌にさかんに登場し続けた森岡だが、女流興隆時代を過ぎて前衛時代に入り、しだいに発表が減っている。NHKの仕事も引いてそうした歌もなくなり、時代を感じさせる歌もほとんどない。家族や人間も登場しない。多くは日常のささやかな嘱目、旅での嘱目であり、歌われる範囲が狭まってきている。これが良かったのかどうかはわからないが、森岡は短歌という様式、その言葉の働きや文体に

関心を向けていく。

『黛樹』

第五歌集『黛樹』は『珊瑚數珠』から十年後の昭和六十二年、短歌新聞社のシリーズ「現代短歌全集19」として出版された。昭和四十八年春より昭和五十一年冬までの森岡五十代後半の作品を収録している。出版時七十一歳であるから『黛樹』は十年以上前の作品を収録した歌集なのだ。ちょっとびっくりする。最近はこんなに遅れるケースはあまりないのではないか。

ところで『黛樹』は私がリアルタイムで読んだ始めての歌集である。私の森岡貞香の歌の印象は『黛樹』から始まっている。それゆえ愛着が強い。作者本人を知ったのもこの頃からであるが、十年以上前の作品集であるということは意識にのぼらなかった。それほどに時事や時代の風俗などとは関わりの薄い歌集であるともいえる。

「あとがき」ではこう述べている。

「この期間もけっして平穏の日日ではなかった。四十七年の我家焼失ほどではないが、骨折の事故、又ヘルペスも病んだ。胸の下から爪先まで樽のようなギプスをつけていた。樽の中から左足を出している生活、それは視界も物の存在も変えさせるもので、その事態の中ではじめて知ったようなこともある。また己れを見失いがちでもあった。それが何らかの形で作品に生かせたかどうか。」

定本の「略歴」には自宅焼失の翌年の四十八年「雪の日に横断路で右大股骨骨頭損傷。下半身ギプスに入る。」と記す。立て続けの災難でふつうならどうかなってしまいそうだ。又、それぞれの辛苦だけで、一冊ずつの歌集も編めそうである。ところが例によって事柄も嘆きもない。どころか『黛樹』は、どこか明るい落ち着きのようなものが感じられる。その明るさは身辺の動植物への関心の開かれ方にあるのだろう。

『黛樹』というタイトルはすでに『珊瑚數珠』の「後記」に「昭和四十八年以後の作品集として『黛樹』を予定している。」とあって、タイトルだけ先に決まっていた。これもまた、めずらしいことであろう。「黛樹」とは漢和大辞典によれば「遠方に青く見ゆる樹を眉墨に喩えて云う」とある。一般的ではないこの言葉との出会いについては何も説明がないが、遠方に青く見える樹、ということに心惹かれたにちがいない。

樹の下の泥のつづきのてーぶるに　かなかなのなくひかりちりぼふ

『黛樹』の冒頭の歌。殊に明るくきよらかな感じのする歌である。「樹の下の泥」以下はひらがな書き。「テーブル」を「てーぶる」と表記するのはおもしろい。森岡は「てーぶる」「びにーる」とかは当初よりひらがなで書くようだ。この歌を普通に漢字とカタカナまじりにすると魅力の大半は損なわれてしまう。

眼目は「泥のつづきのてーぶる」である。驟雨の後なのか、土がぬかるんでいる。樹の下に置かれた「てーぶる」の脚が泥にめりこんでいるのを、このように言った。「つづきのてーぶる」と、いかにも泥からそのまま伸び上がっていく感じ。そして一字あけ。続けると、「かなかなのなく」が直接その「てーぶるに」であるということになるので、それを避けたのであろう。「どろのつづきのてーぶる」という垂直があり、声と光へと広がる空間。また、たしかな質感のものに対して声とひかりの無辺。この空間にてーぶるがあると絞っていくのが短歌の定番だがこの歌は逆で遠心的に広がっていく。

遺されて圖嚢のなかの色鉛筆　百日紅の花の色あり

夫の遺品の図嚢のなかの色鉛筆。何色か入っているのであろう。それを見ている。「赤」がある、それは、という間接でなく、そこにたちまち百日紅の花が見えてくるのである。「圖嚢のなかの色鉛筆　百日紅の花の色」とのみぶつけて、この簡明がこのときの意識である。この歌も「遺されし」でなく「遺されて」。

百日紅の花の色は森岡にとって、つねに忘れぬ敗戦の夏の色であり、夫の遺品の色なのである。

そのかみの百日紅は軍帽の赤き總なり忘れねば見る

と『百乳文』にもうたわれている。色鉛筆を見ては百日紅を思い、百日紅を見ては、そのかみの百日紅を思い、軍帽を思う。

いまはまだ落葉のうへをあゆみゐるねむりに入らむ大き雌蟇

この先の蟇の時間を思いながら、「いまはまだ」と蟇を見ている。その感じがとても味わい深い。森岡の生き物の歌は、断片的な観察、描写ではなくて、その生の時間の連続性をとらえるのである。いまはまだ眠りに入っていないので、落葉の上をあゆむ蟇が眼前にいる。現在というものは、常にそういうものとして在るのだ。

ところで「雌蟇」とあるが、蟇はメス、オスがその一匹を見てすぐ分かるものなのだろうか。私はどっちかと思って見たことがなかった。メスの方が大きいのか。森岡は動植物の生態に相当くわしい。『黛樹』の中ほどに「産卵の水を求めて涸池より道路に出でてがまがへる死す」という歌があるが、この雌蟇であったろうか。

『黛樹』にはもう一首、後半に印象的な蟇の歌がある。

ゆふぐれに薔薇の落葉を踏み歩く僕《しもべ》のごとき蟇をあやしむな

こちらは何だかオスっぽい。「僕のごとき」という古めかしい喩えが這いつくばる蟇にぴったり。われわれの世代では思いつかない言葉である。時はゆうぐれ、落葉も「薔薇の落葉」であるところにロマンチックが醸されている。グリム童話をちょっと思い出す。「あやしむな」があやしさを十分に醸して可笑しみがある。

採食の一群啼きながら水のうへそのころの一色《ひといろ》にあらずも
とほき日に生きゐし名前を喚ばむとす水のうへ水鳥の水音のたつ
蹼《みづかき》の甘美なる血流により水の上を走り空へ行きけり
沼につづく薄き明かりにぐわんぐわんと啼きながらに天《あめ》ゆくものよ
啼きながら天ゆくこゑは水草の香ふくちばしをいかにあけゐる

『珊瑚數珠』の後半ごろから森岡は鳥を多く歌いはじめ『黛樹』からはますます増えて「鳥」は森岡の後期の主要なモチーフの一つと言っていい。

水鳥の飛び立ってゆく情景の連作なのであるが、時に森岡に訪れる昂ぶりのようなものが感じられトーンが高い。「水鳥」というのみで名前がないのだが「ぐわんぐわんと」という鳴き声から、ヒシクイガンかと思う。

一首目はごく実景的で「そのころの一色にあらずも」がリアルである。ここでの字足らずはちょっと気になる。二首目からトーンが上がってくる。「とほき日に生きゐし名前」とは何か。『百乳文』に「ヌマタラウところに出だしてよびやればヒシクイ雁自らの名を知る者を見め」という歌があるから、「ヌマタラウ」かもしれない。「水のうへ水鳥の水音」という「水」の重なりが変わっている。三首目の「蹼の甘美なる血流により」は独特である。生態が生々しいと同時に陶酔感もともなっている。これも主語がない。四首目、これも鳥とか雁とかはっきり提示されず「ぐわんぐわん」という声だけが天をゆく。「沼につづく薄き明かりに」と低く始まって「天ゆくものよ」との み詠嘆されている。五首目、あのこえは、水草の香うくちばしをどんなふうにあけて、啼いている声なのかしら、という。この空想はいかにもうつくしく、好きな歌である。

いずれも様態のみで提示して、名前を言わない。

脚折れし馬は殺すとふ　殺さるる馬のたましひの立ちてゐるにも

「石膏繃帯」の章の一首目。自らの骨折で、馬に思いを到らす。塚本邦雄の「馬を洗はば馬のたましひ冴ゆるまで人恋はば人あやむるこころ」を受けているに違いない。「馬のたましひの立ちて」は見事な変換である。脚が折れてもたましいは立っている。なのに馬は殺されてしまう。ギプスをはめてそのことを思う。

これも一字あけ。『黛樹』は一字あけの多い歌集である。今までなかったわけではないが、とりわけ多い。森岡の歌は連綿とつながるものが多いから、一字あけは切れが良く簡明に感じられる。一字あけというのは、戦後二十年代の終わりころから見られ、前衛時代からさかんに流通しているようだ。森岡の場合は、レトリカルな上下の対応ではなく、切れ、余白の導入というかたちで使っている。

牢愁とはこのやうにありわが下半身石膏繃帯の冷たく堅く

「牢愁」は無聊とか退屈とか軽い意味で遣うが、ここでは字面通りに牢の中の愁、と読める。ギプスを「石膏繃帯」というのは知らなかった。半身がギプスに入っているのだからまさに「牢愁とはこのやうにあり」で、この言い方には、むしろユーモアを感じる。

存在の鑄型となれるものギプスのわたくしを人訪ひたまふ

「存在の鑄型」というのが何とも可笑しみがある。自分の状態をこんなふうに言う。独特の自己観照である。

ゆきのふる道の此方にたふれしは他人のごとくわれのさみしゐ

雪の日にころんで骨折したときのことを、こんなふうにうたうのも笑える。悲惨な状態なのに歌は愉しくさえ読めるのである。

*

空晴れて近づく夜は見えざるに甲蟲の飛ぶいたくさみしく

「楚」の一連より。この章は出生地である出雲への旅の一連なので、出雲での情景が。何かふしぎな感じを受けるのは「近づく夜は見えざるに」というところ。空が晴れていて、これから近づく夜は見えない。前回に掲げた「いまはまだ落葉のうへをあゆみゐるるねむりに入らむ大き雌蟇」もそうだが、連続する先の時間というものを、現在の時間の中に入れて詠むのである。

「見えざるに」の「に」はどういうニュアンスか。見えないが、甲虫が飛ぶことで「見える」という感じだろうか。甲虫の飛び様は直線的でつぶてのようで「いたくさみしい」。この感じはよくわかる。空間をとぶことによって見えない時間の近づくことが見えるようでとても好きな歌である。

新萌の欅木立にカ音もて入りこむものが鴉にてある

桜を詠む一連「春日」より。「カ音もて入りこむ」が斬新というか破格で一度読むと忘れられない。茶色っぽいけぶるような欅の芽吹きのやわらかさに「カ音もて」入りこむ鴉。「入りこむものが鴉にてある」という鴉の存在の命題のような言いようがおもしろい。「カアカアと」とか「カカカカと」とかでない妙な抽象化だ。狼藉者が「カ音」を持って切り込んでいくような感じがする。一首全体も「カ音」が多い。

青き空にさくらの咲きて泣きごゑは過ぎし時間のなかよりきこゆ

並んで次の歌。「青き空にさくらの咲きて」という叙述から「泣きごゑは」と転調し「過ぎし時間の中より」と時空を越えた声が届いてくる。深ぶかと哀切なひびきをもつ一首である。「泣きごゑ」は前後の歌から戦争に関わる声と読めるが、限定せずともいいだろう。この一首は「青き」「咲き」「泣き」「過ぎ」「きこゆ」と「キ」の音がとても多い。それが、一方で哀切のひびきを強めていると同時に、少し強くひびきすぎているように私には感じられる。

森岡作品の中でこの歌の人気は高い。「過ぎし時間のなかより」と抽象化して伝達性に富むからでもあろう。さくらと「過ぎし時間」は人の心の中の伝統的な回路でもある。
　ところで「春日」の一連のこのあたりは、さくらと聴覚の歌が並んでいる。

染井吉野咲きしづもる日に兵隊の悲をかもすなる喇叭のひびきも
新萌の欅木立にカ音もて入りこむものが鴉にてある
青き空にさくらの咲きて泣きごゑは過ぎし時間のなかよりきこゆ
しろじろと櫻立てりけり空襲の飛行機音に走り出でしかば

　森岡は戦争中逗子にいたが、四首目のように桜のときの空襲の記述もどこかで読んだ。現実の折々の場面として、さくらと戦争の記憶の声や音が重なっているようである。鴉のうたも戦争に関わる何かがあるのかもしれないが、これだけで鑑賞して面白い歌である。

＊

ヤチダモの木立に入りて母の言ふここにて寫眞に入りたしとぞ
ヤチダモの林のなかにてわが母は面輪を奥にむけゐしとおもふ

この二首は別々の一連の中にあるが、どちらもふしぎな感じで印象に強く残っている。日光の赤沼湿原あたりを訪れた同じときの歌であろう。

一首目は、ここで写真に入りたい、という母の台詞に面白みを覚えてつくったものか。「木立に入りて」「寫眞に入りたし」と重ねているから、二重に「入る」ような入れ子のような感じを覚えたのかもしれない。「寫眞に入る」という日常つかう言葉によって、ふと引き起こされる奇妙な感覚をとらえたといえる。

二首目は、このときの回想の歌であろうが、母は「面輪を奥にむけゐしとおもふ」とのみの歌で、この説明のつかない変な味わいはいつまでも去らない。なぜ、後になって、母が林の奥に面輪を向けていたことを思うのであるか。こういう歌は森岡貞香しかつくらないだろうなあ、と思われる。シンプルで難しさも何もない。ただ林の奥に向く面輪だけが残る。存在そのものの感じである。二首ともカタカナで「ヤチダモの」と始まるのも、何となく面白い。

椅子に居てまどろめるまを何も見ず覺めてののちに厨に出でぬ

実にへんてつもないことを独特にうたう、森岡の後期の歌の世界の一つである。『黛樹』の歌の時期は五十代後半。しかし、この歌などを読むと老いの文学の味わいを感じてしまう。「衰」という一連の歌であり、ギプス生活から回復しつつ衰えを覚えていたようだ。その心身の衰えの感じが醸されているように思う。

椅子でまどろんでいる間、「夢も見ず」でなく、「何も見ず」という言い方が独特だが、よくわかる感じがする。「覺めてののちに」も時間の推移の感覚がよく出ている。「厨に出でぬ」というのも、ふつうは厨に入るとか、行くとかで「出る」という言い方はめずらしい。何も見ないまどろみから、日常の作業の場としての厨に出ていくのである。いわばご出勤。その心持ちの推移が動詞一つに言語化されている。

ゆふかたにかけて久しく煮こみゐる大き魚はかたち沒せり

「大きな魚」は何だろう。なにか巨大に感じる。「かたち没せり」が潜水艦のようだ。「ゆふかたにかけてひさしく」とやわらかくはじまりながら、ふうっとふしぎな場所に連れていかれたような心持がする。でも内容はごく日常のなにげないことにすぎない。「ゆふかたにかけて」の「かけて」が凡手でなく「久しく」にかかりつつ「かたち没せり」にもかかっていく。魚の輪郭が崩れたのか「かたち没せり」というのも、その具体の描写でなく、ここでは一つの抽象である。一首全体のおおまかさが、この歌をふくらみのある愉しいものにしている。

『百乳文』

第六歌集『百乳文』は『黛樹』から四年後の平成三年に出版された。今までに比べると四年というのは格段に速い出版である。収録作品は『黛樹』に続く昭和五十二年から昭和六十年までの八年間で、森岡六十一歳から六十九歳まで、ほぼ六十代を通した作品集ということになる。

「百乳文後書」に「日常の歌、というような形がわたしには好ましく思われる」とさりげなく記されているが、この「日常の歌、というような形」がただものでないことを鮮明に印象づけた歌集であった。

「後書」ではもう一つ「短歌の虚構性ということについて、考えることは多々あるのだが、定型とそこに置かれる言葉と言葉とがお互いにのめりこみあう、といったところに関心がある」とも書く。虚構性云々と、下のことはどうつながるのか、ここでは不明だが、森岡の関心の所在がたとえば私性とか虚構とかの意味内容論でなく、文体にあるということを明示したといえるだろう。

『百乳文』は迢空賞を受賞し森岡の代表歌集としても評価も人気も高い。それまで、森岡の歌はふしぎな魅力が注目されつつも評価は定まらなかった。文体、破調についても懐疑や批判はつきまとっていたのである。独特の文体によって、むしろ歌が立ち上がってこない、という指摘は、多くの歌について確かにもっともであった。『黛樹』ではそれが簡明な方向へ向かうようにも見えたが『百乳文』では、文体の独自さを際立たせる方向に動いた。ここで方法意識がはっきり見えるものになったために、評価もはっきりしてきたといえる。

また『黛樹』は四年間の作品だが『百乳文』は八年間の作品であり、かなり削って編集、構成がされているように思われる。意識の行き届いた配置がなされて、日常の歌でありつつ日常の枠組をきわやかに払っている。

旧字を遣いはじめたのも『百乳文』からである。

今夜とて神田川渡りて橋の下は流れてをると氣付きて過ぎぬ

『百乳文』の冒頭歌である。神田川を渡っただけの歌なのだが、一首の時間が異様に長く感じられる。歌会などで提出されたら「とて」「渡りて」「流れて」「氣付きて」の「て」の多用は即、ダメ出しされそうだ。それをあえてやって冒頭歌にするのが、森岡流である。都会の川の流れるとも見えない流れが、このたらたら感に出ている。「とて」は散文的で短歌にはあまり使われない。古今集に「春のものとてながめくらしつ」があるが、これは意味合いが違う。「今夜も」「この夜も」などでもよさそうなものだが「も」だと、直に「神田川渡りて」に続いてしまう。「今夜とて」はそこでちょっと間を置く。それによって「氣付きて過ぎぬ」まで全体にかかるのである。幾度もその橋を渡って、そのたびに橋の下は流れていることに気づいて過ぎてゆくのである。

都会の夜の橋上で「橋の下は流れてをる」という気付きが、そのつどある。その意識の反復を思うのだ。流れている川と、自分の意識も流れて交差してゆく。「過ぎぬ」まで加えて、両方の流れを感じさせる。

きのふまたけふ厨の方へ行かむとし尻尾のごときを曳きてをりけり

次の章「日常」より。なんとなくおかしみのある歌である。これも「きのふまたけふ」という反復が初句にある。反復されたから意識されたのである。「尻尾のごとき」が何かは、特に詮索する必要はないだろう。「厨の方へ行かむとし」という、日日の営為の場におもむくときに、うしろに何か尻尾のようなものを曳いている感じ、というだけでいいのだ。体感なのだが見た目をイメージするのでユーモラスである。

椅子に居てまどろめるまを何も見ず覺めてののちに厨に出でぬ　『黛樹』
がらくたを跳び越えて立つおのづから厨房の水邊にこころ行きにき　『百乳文』

厨はつねに出るところ、行くところである。『百乳文』の後のほうで出てくる二首目などは「がらくたを跳び越えて」ひらりと厨に立っている。このときは尻尾など曳いてなさそうである。こころが水辺に行っているからだ。この日日の違いこそが日常なのである。

大鉢を引き摺りにつつ薔薇の繁りを連れて敷き瓦のところに來たり

鉢を移しただけのことである。それを大いなる破調でこんなふうに言われると何事かと思う。森岡の作風が躍如としているが、好悪は分かれるところだろう。大鉢なので引き摺るしかなく、それが「薔薇の繁りを連れて」という同行の感じがしたのである。大いなる破調はその体感を生に伝える。これだけの破調で何でもないことを言うのにはエネルギーが要る。そこに生気がある。「短歌」（昭和五十二・七月）に、

ひきずりし鉢の薔薇ともにみづからも細き石敷のところに來たり

があり原作かと思われるが、こちらでは薔薇とともに自分が来たという歌い方になっている。これも面白いが「ひきずりし」とは矛盾する。「繁り」を「連れて」という表現には独特の飛躍があって、改作の収穫だといえよう。

＊

をみな古りて自在の感は夜のそらの藍青に手ののびて嗟《なげ》くかな

「淵」二首より。『百乳文』の代表歌の一つとして名高い歌である。が、私にはどうもよく鑑賞できない。「自在の感は」の「は」がよくわからないのである。「夜のそらの藍青に手ののびて嗟くかな」はなにかシュールなうつくしさがある。「手をのばし」でなく「手ののびて」がそう思わせ、「自在」と重なってくる。ふしぎな悲哀の表現に打たれる。

「淵」のもう一首は

われが淵といふ名をもちひむかとおもふ　横切るはひとつ幻影

「淵といふ名」は亡き夫の飯淵幸男の「淵」なのだと「石疊」の人に教えられて初めて気づいた。今までの年譜では夫の名が記されていないのである。夫は結婚して森岡姓を継いだ。「をみな古りて自在の感」の今、夫の姓を使おうかな、などと、ふと思う。飯淵でなく「淵といふ名」に深いおもむきがある。夫の名、と読まなくても「淵」と横切る「幻影」は、引き込むようなロマンティシズムの香りがする。そらに手ののびる一首目と、幻影の横切る二首目の縦と横の対比が印象的だ。

きらきらとふるこの雨は電話口に出でている間にふりはじめたる

「脊戀」より。こういう口語的なかろやかな歌もある。「電話口に」をのぞくとほぼ等拍のリズムが、ふる雨とよく合っている。電話が終って雨に気がついたのだろうか。「ふるこの雨は…ふりはじめたる」というのが時制を逆になったように錯覚させる。「きらきらと」という雨は夕方の日照雨だろうか。そんな感じがして、この電話は長い時間でなく、ちょっと出ている間だったのだろうと思える。この歌はなんとなく好きだ。

高尾までことしの八重ざくらのおとろへを見にゆかむとて思ひ立ちし日

「思ひ立ちし日」四首より。八重ざくらを見にゆこう、でなく「八重ざくらのおとろへを」なのでびっくりする。八重ざくらはぼってりしていて盛りを過ぎたまま残る。それを「おとろへ」というのか。ここは九音の破調。で、「見にゆかむ」で終らないで「思ひ立つ」でも終らず「とて思ひ立ちし日」まで続いていく。短歌にしてはふしぎな長い文脈である。ここでも「とて」がある。と思って、というニュアンスだから「と」でもいいところだが「とて」と言う。

老いた人の或る日のこころの赴きをじっくりと醸し出した小説のような味のある一首である。しかし森岡はまだ六十代前半と思われる。今の私と同じくらいなのだ。この歌の境地は及びもつかない。

十三夜の月さし入りて椎の實のころがる空池《からいけ》のなかのあかるし

「鈍いろの羽」三首より。この歌はとても好きである。情景も文体も簡明だ。「十三夜の月」というのは言葉として何かいい感じがするのは「十三」という数字のせいなのだろう。「椎の實のころがる空池」というのも、実際よりずっと美しく感じられる。言葉のつくった完全な空間がここにある。以前、河野裕子さんと森岡貞香のうたについてしゃべり合っていたとき、私がこのうたを好きというと裕子さんが「同じです、いちばん好き」とはしゃいだことがあった。たしかに、この歌は裕子さん好みである。

らうれるの香《にほ》ひよき葉を時間《とき》かけて摘みてをりたり忙しき日に

「數日」三首より。気品があり、しゃれた感じの歌である。ローレルを「らうれる」と書くのがまずしゃれている。「ろーれる」とは書かない。スペルに添っているのだろう。「忙しき日に」はそれなのに「時間かけて」ということになり、やや説明になってしまっているが、気になるほどではない。「香ひよき葉」だって言わなくてもわかることだが、それを言っても邪魔にならない歌である。

『百乳文』は三首だけの章が多いが、これは「石疊」掲載のかたちによるものであろう。なぜかその中にいい歌が多い。三首ともいいこともあり、発表のかたちとして、なかなかいいのかもしれない。歌集の中に置いても読みやすいのである。初めに書いた編集された印象は、これだったかとも思える。

「數日」は三首ともいいので、あげておきたい。

とほめがねはづしてあへるげんげ田のくれなゐけふのはやち風過ぐ

らうれるの香《にほ》ひよき葉を時間《とき》かけて摘みてをりたり忙しき日に

葦むらをへだててをりて啼くこゑの葦つつぬけにひびきたりしが

*

朝かれひをはるころ雪の亂れては鳥に佛飯を投げるやう降る

「空池」十首より。「朝かれひ」は朝餉の意で使っていると思うが、本来は天皇のうちうちの御膳をいう言葉らしい。それはともかくとして雪の乱れた降り様を「鳥に佛飯を投げるやう」と比喩したのが類を見ない。降る雪の乱れと、仏飯の投げ方のばらばら感との類似を見出しているのだ。餌とか米粒でなく「佛飯」というのが特異な感じがする。ふだん仏飯を鳥に投げてやっていたからだと思うが「ブッパン」という音のひびきとともに強い印象を残す。仏飯を投げるという行為に何かしら哀しさがあって、乱れ降る雪と重なってくるのである。

雪ふりつつ空池あたり雪片のひとつひとつに影のつれそふ

やはり「空池」より。前の歌と同じ雪かどうかは不明だが、どちらも牡丹雪のような感じがする。「雪片のひとつひとつに影のつれそふ」というので、粉雪でなく大きな雪片であろう。非常に細かく言っているようでいて描写的というよりは、幻影的なものを感じさせる。影の添う、でなく「影のつれそふ」という動詞に感傷がにじむのである。『珊瑚数珠』では、

戸のすきより烈しくみえてふる雪は一隊還らざる時間のごとく

と二・二六を想起しているのは明らかであるが、こちらはそこまで言っていないにせよ「一隊」の影がまつわっているようにも読める。「空池あたり」のぼかしも何か作用している。春の雪は常に森岡にそうした物語と感傷を呼び覚ます。

たれも居らずとおもひて雪のふるけふを在《あ》らばとてわが怪しみもせず

だれかがここに在るとしてもふしぎではない、怪しまない、と言う。ここにも影はつれそっているのである。

＊

たとへていはば守勢にあらむ一部屋をかくも片付けたるきのふけふ

「守勢」七首より。なるほど、と腑に落ちる心理の機微があっておもしろい。部屋をやたら片付けたりするときは、何かに手をつけかねているような気分のことが多い。とりあえず片付けてみたりするのだが「かくも片付けたる」がユーモラスだ。守勢作戦というものもあるので、消極とばかりは言い切れないのである。誰でも覚えがある心理だが「守勢」なんてふつう言わない。こういう言葉を持ち出すところが森岡らしい。ときどき作戦用語的感覚が入ってくるのだ。武士の状況把握の明晰さというようなものが森岡にはある。『黛樹』に「雑草の一株すらだに一身を遮蔽すと戦場のことのみならじ」という歌があるが「戦場のことのみならじ」の感覚が日常にあるのだ。それが洞察にもなっているのである。

亡ぶるも羽なる骸《むくろ》かろがろと箒の先きを日向へ飛べり

何の虫かは言っていない。「虫」とも言わない。それは「亡ぶるも羽ある骸」というものである。羽である骸は箒の先をかろがろと飛んでいった。「日向へ」に悲哀がある。骸だけで死んでいることはわかるのだが「亡ぶるも」と重ねていう初句は、一句一句にかかりながら最後に「飛べり」にかかるのだ。「亡ぶ」という語の選びの広がりが、ささやかな具体に、深い洞察のおもむきを与えている。

けれども、と言ひさしてわがいくばくか空閒のごときを得たりき

「空閒」というタイトルで、これ一首だけ。森岡貞香の歌というと必ず引用される歌である。誰かとの会話なのか、講演のような場面なのか、ともかく「けれども」と言いさした、そのとき、いくらか「空閒のごときを得た」という。言葉を発したときの感じを「空閒」という概念語を用いて述べているのが類がない。「けれども」という、さえぎるような言葉を言いさすことによって一定のその場を得る或る感じ、それが抽象化されて普遍的な言説となる。一読して哲学的である。こういう歌の存在があって『百乳文』の評価、ひいては森岡の評価が高くなったとも言えるのである。具体の歌い方の独自さだけでは、なかなか理解されない。評論や文章をあまり書いていないこともあって黙殺されがちであった。

こういう命題的言説の歌は好まれ流通しやすいのであるが、森岡の場合は頭で考え

た発想ではなく、その折に生起した感覚を生《なま》にのこしているのが特徴であろう。「けれども、と言ひさして」や「いくばくか」や「空閒のごときを」の「ごとき」の不分明さが、感覚の痕跡を残している。

母とゐて椀の蓋取りしやう霧の湧きたりここの山家に

「山家晩夏」七首より。どこか地名はわからないが母と山家に泊っているらしい。「母とゐて椀の蓋取りし」まで読むと、二人で椀の蓋を取る情景がまず浮かぶ。ところが、これは比喩。その湯気のように霧が湧いた、という。椀の湯気という手もとのささやかなものが、突如、天然に転じたようなふしぎな雰囲気の歌である。比喩といっても、母と椀の蓋を取ったという実体はあったにちがいない。そして山家のあたりに霧も湧いてきたのだ。「やう」でつないだとき、何か民話のような世界が現出した。「母とゐて」で始まり「ここの山家に」という収まりにも、母と二人の世界をたのしんでいる風情が感じられる。

森岡の母が登場する歌というのは独特でおもしろい。人情味というのでなく、存在そのものの感じである。

同じ一連に、

痛み如何《いかが》と娘を冷やしつつ八十《やそぢ》の母水鳥のごと水盆ゆらす

などという歌があり、めずらしく母が娘に何かしてくれている歌であるが「水鳥のごと」が変わった比喩で、どんな感じなのだろう。ユーモラスである。

人よりもしづかにありて秋の日にすずめは雀いろの風切羽を干す

「菊花展」七首より。森岡に鳥の歌は多くてさまざまな鳥が登場するが、すずめはこれ一首のような気がする。はっきり確かめたわけではないが。ひっそりと落ち着いた佳品である。「風切羽」という言葉が美しい。「すずめは雀いろの」と重ねたのが眼目である。「干す」は具体的にどういう格好なのだろう。拡げているのか。すずめの描写ではなく、こうした言葉の作品世界がある。「人よりもしづかに」と「風切羽を干す」

が何か可憐に対応している。

子供らのあそびにまじる棒切れがそそのかしをりあそびながらに

同じく「菊花展」より。子供らがもっている「棒切れ」の方が主体となっているおもしろさだ。「そそのかし」という動詞に生彩がある。子供らは棒切れにそそのかされて遊んでいる。わが男の子も全くこうであった。棒切れがいつも彼を呼んでいた。「子供ら」は男の子たちにちがいない。

長じてからも男の子には何かしら、そそのかす棒切れがある。そんな普遍的な洞察をも含むように感じられてくる歌である。

『夏至』

第七歌集『夏至』は『百乳文』から九年後の平成十三年に出版された。九年というのはやはり長く、森岡は八十四歳になっている。収録歌の製作時は「後書」に「『百乳文』以降のほぼ昭和六十年から平成五年に至る間の歌のなかから採つて一冊とした」とある。森岡が六十九歳から七十七歳までの八年間ほどの作品ということになる。

同じ年に『定本　森岡貞香歌集』が出版されている。ようやく『白蛾』から『百乳文』までの作品が一般に読めるようになったのである。この定本では全て漢字が旧字に統一された。『夏至』では後書も旧字になっている。

『百乳文』に連続する作品なのであるが『夏至』はまた異なる雰囲気を持つ歌集である。一読したとき戦争、戦後の回想の歌の多さが印象的であった。従来も日常の歌の中に戦争、戦後へと思いが及ぶ歌はかなりあるのだが、『夏至』ではそれが一巻を通底した流れになっている印象である。

昭和六十年から平成五年という製作時期は、昭和が終わり平成になった時代であり、特にそのあたりには「圖嚢」「昭和晩年」「逗子にての終り」といった連作が続く。

同時期の作品を収録した歌集に山中智恵子の『夢の記』、斎藤史の『青天瑠璃』がある。

血紅の木の實踏まれて慘たれば血塗られし昭和また終るべし

昭和終りてのちのきさらぎ二十六日　小雪のあと少し明るむ　斎藤　史

青人草《あをひとぐさ》あまた殺してしづまりし天皇制の終を視なむ

昭和天皇雨師《うし》としはふりひえびえとわがうちの天皇制ほろびたり　山中智恵子

見馴れざる車にて亡軀の戻りこし重たき音はむかしの春にて

限られし戰中と戰後の置きてありて昭和期をはる　いつしかと言はね　森岡　貞香

昭和の終わりに際しての歌を拾ってみた。それぞれの感慨の違いが見えておもしろい。

夜の風の其處にて消えぬ日比谷なる濠のみづのうへなる終り
待ちて居りしと人に言ひたるわがこゝろをわれみづからも聞きてありたり
そら走り水鳥行きぬ逝く春に忌を重ねつつなに嗟くにか

冒頭の「雑之歌　一」の三首をあげた。「夏至後書」に「雑之歌」という見出しは「歌誌『石疊』の誌上で常に題を『雑之歌』としていることのゆかりにこころ遊んでのことであるが、その歌とかならずしも同じではない」とある。「古今集」などの「雑歌」は「ざふのうた」ともいうので「之」を入れたものであろう。

冒頭歌はふしぎな歌だ。「其處にて」の其処は「濠の水のうへ」である。風がそこで消えた、それは日比谷の濠のみづの上での終りなのであった、という。「消えぬ」と言えば「みづのうへ」で完結する。「終り」とまでふつう言わない。また風が途絶えたのを感じたとして「みづのうへなる」という限定は妙に明確すぎる。日比谷なる濠の向こうは皇居である。風はその境界の濠の上で消えて、それが風の終り、と読めてしまう。単に風だけをうたってはいないような、わだかまるような心持ちを感じさせる歌である。

二首目のは「待っていましたよ」と相手に言った自分の声を自分も聞いていた。こういう感覚を意識するときがある。相手が帰って来たからこそ言った言葉、その自分の言葉をしみじみと味わったのである。歌集の半ばに「ありうべきもなき歡びに還り來ぬふたたびを還り來ざりし」がある。幾たびも反芻される思いなのである。

三首目、夫が亡くなったのは四月であった。逝く春にその忌を重ねて、何の嗟きをすることであろうか、というのである。つまり嗟くのだ。「そら走り水鳥行きぬ」は倭建の葬送歌が想起され、下とよく呼応している。

三首とも悲痛のひびきがしみ通るようだ。

黑きまでくれなゐの濃き林檎一個肩もりあがり凹みは深く

「静かにゐる日」より。林檎一個だけを提示してセザンヌの絵のような一首。形象と質感がくっきりとしていると同時に、文体の魅力に富む。「黒き」「くれなゐ」「濃き」「一個」「肩」「凹み」のカ行音の、特に「く」の多用。中央に「林檎一個」が据わり、上下は林檎の形容に終始している。「肩もりあがり」と「凹みは深く」はいわば同じことを言っているのだが、それが現象の関係として一つ一つ林檎の存在感が確かめられている。森岡の文体は或るときはそれぞれの言葉が浸し合うようであり、また、このように語と語が切れよく並ぶ歌もある。

昨《きそ》ひと夜ゆたんぽ抱けば追熟といふべくわれのやはらかにある

同じく「静かにゐる日」より。この歌が何となく好きである。「追熟」という比喩を自分に使う、まして老い進む人であるから驚かされる。追熟というと私は西洋梨をまずイメージする。かちかちだった西洋梨がいつしかにやわらかくなるのが、指で押した感触に伝わってくる。「ゆたんぽ抱けば」からのやわらかな言葉運びが、いかにも自然で、老いの歌として独特の豊かな歌ではないかと思うのである。

切株に竝ぶ茸の傘などの音なく消えて冬の日は差す

「八手網」より。「竝ぶ」と現在形なので、まるで目前で茸の傘が消えたかのようだが、数日前には在ったということであろう。でも「竝びゐし」とか時制を付けるとつまらない。「音なく」は当たり前だが、この一語が効いている。佐藤佐太郎に「音あるごとく冬の日は差す」というフレーズがあったと思い浮かぶ。こちらは冬の日の方の形容だが、言葉として影響はしていそうである。「などの」は音なく消えるものの一つとして、というニュアンスであろう。いろいろなものが音もなく消えているのだ。なにげない嘱目ながら、ふっと消えている茸は謎であり黙示的である。

「八手網」五首の最後の歌は「山中をおしわけゆきつつひろふとぞ墜落旅客機の片片」である。日航ジャンボ機墜落事故は昭和六十年であった。めずらしく時事が入っている。ジャンボ機もふと消えてしまった感があった。しかし山中に「片片」は生々しく残っている。二首目を合わせて読むと、自然と人工物の対比が極立つ。

＊

つきよみにでこぼことしてなまめける石ころ道ありきもはや無き戦後

ありうべくもなき歡びに還り來ぬふたたびを還り來ざりし

行間にすきまもあらず赤えんぴつに書きこみてありき作戰要務令

「つきよみ」三首。このあたりから特に戦争の回想歌が集中する。一首目「つきよみ」は「つくよみ」で月のことだが、ここでは月の光に、ということであろう。石ころ道は、ある時期までは、よくあった。それがなくなったころから戦後でなくなったのかもしれない。「いしころ道」が月光に照らされることも。「でこぼことしてなまめける」というのは道のみならず、混沌とした戦後そのものなのだ。

二首目は前にあげたが、夫がはじめから復員してこなかったならば痛手はもう少し薄かったのかもしれない。一度ありえないような歓びがあったゆえにより辛く、反芻されて已まない切なさがある。

三首目の「作戦要務令」は、見たことがあるという記憶のうたであろう。すきまもない書きこみがあったなあと思い出される。「獨斷といふを想定し圖示しありき半世紀前の赤きえんぴつにて」という歌もあり、一兵卒ではなく参謀であった夫の立場を思う。すきまない「作戰要務令」や「獨斷といふを想定」する赤えんぴつの書込み。生々しくその営為を思う。

夫の遺品もくりかえし歌われる。『夏至』から引いてみる。

圖囊《づのう》といふ鞄のなかにのこされて地圖をいろどる汗のあぶらは
遺されて汗沁みの痕は黴《かび》なりき青きけむりを立つる兵帽
天にとどく勳《いさをし》といふ言の葉あり屍《かばね》のごとく軍服ありき

黴の「青きけむり」や「屍のごとく軍服」というものしか遺らなかった。そのときの懸命の「汗のあぶら」が思われてしかたないのである。四首目、「天にとどく勳といふ言の葉」と「屍のごとく軍服」を上下で切って、言葉と物を対置させた悲哀は深い。

滅びたる軍《いくさ》の寫眞にうらわかき顔と顔おのおの一人《いちにん》

「逗子にての終り」より。「天にとどく動」に並ぶ歌。「滅びたる軍の寫眞」という言い方をするのは、やはり特殊だ。敗けたる、ではない。敗けただけなら軍は残るが、軍隊そのものが滅んだという感慨である。写されたときはまだ「滅びたる」ではない、勝利を期している者たちの顔が一つずつある。軍隊でも一人一人は居たのだ。「滅ぶ」という言葉に森岡は一入の感情移入があり、多く使われる動詞である。

亡き數に入りにし人等の元氣のころゐ必ず短期決戰といふ

「合圖」より。戦争に関する連作でない章の冒頭にあるこの歌が、とりわけ印象に強い。「必ず短期決戰といふ」に、あの戦争の当初の軍人たちの共通の予想と決意があった。必ず、そうしようということである。そしてそうはならなかった。何故なのか。「必ず短期決戰」をめざすがゆゑの「元氣のころゐ」がいつまでもひびいてくる。『夏至』はちょうど中ほどに「昭和晩年」「逗子にての終り」の連作を置く。それを区切りとするように、以降は戦争に関わる歌は、一、二首にとどまる。その後の歌集において数としても歌い方としても淡くなっていくようである。『夏至』は森岡にとって昭和を終わらす歌集であったのだ。

*

『夏至』の後半は呼吸のしずかな、落ち着いた奥行きのある歌が並ぶ。またこの頃は旅行、観光の歌もかなりあるが、歌い方には森岡らしい興趣があり佳品が多い。

黒羽・大雄寺

ぼうたんの花をはりゐるこの禪寺考へもなく幽靈圖にあふ
幽靈に幽かに彩を置きたるは描ける人の何おもひたる
牡丹の葉の影を踏みつけちひさなる魚籃觀音のところへ行きぬ

「幽靈圖」五首より。栃木県大雄寺は六百年の歴史を持つ禅寺で牡丹の寺として名高い。この幽霊図も注目されているようだ。ネットで見てみたが藁葺きの見事な寺で佇まいがすばらしい。歌はいくらも出来そうであるが、この三首だけすっと置いた。特に描写などは試みない。

一首目、ぼたんの時季は過ぎている。「幽靈圖」は夏のある期間だけ見られるらしいが、知らないでたまたま目にしたのである。だから「考へもなく」出遭ったと、不意打ちに似た心動きをとどめる。「考へもなく」とか「ゆゑんもなく」とかあえて挿入するのが森岡流である。ぼうたんの花も終っていると書かれることで、ぼうたんの花はイメージとして見えてくる。

二首目、幽霊図の描写はない。ただ、幽霊図に幽かに彩色した絵師は何を思ってそうしたのだろうか、と言うのである。これもネットで見てみたが「淡彩」と記されて色はあるかないかわからぬほどの薄さである。色を置いてもわからないほどの色を置いたのはなぜか、と思う。そこに描いた人の何がしかの心の機微を思うのだ。「幽靈に幽かに」と同字を重ねたのはふつうは避けるが拘わらない。

三首目、「牡丹の葉の影」がいい。すでに夏の繁りの濃い、影のふちのぎざぎざも目に映ってくる。「踏み」でなく「踏みつけ」と強い。たとえば「牡丹」を「ぼうたん」として「ぼうたんの葉の影を踏みちひさなる魚籃観音のところへ行きぬ」としても良さそうなのだ。ところがここでは、「牡丹の／葉の／影を／踏みつけ」と、いかにも踏んでいくことを意識する調べになっている。移動など動作の意識を強く出すのは森岡の特徴の一つであり、叙述にとどまらないリアルさを付加するのである。

そして「ちひさなる魚籃観音のところへ行きぬ」は何気ない。この寺は那珂川の近くのようなので「魚籃観音」なるものがあるのだろうか。この名前が素朴かつ素敵で惹かれるものであり、森岡もこれをとどめたかったにちがいない。

この三首などは、特にその寺や幽霊図を知らなくても十分味わえる歌である。

＊

重川の水をかけつつ巨き石を切りゐるひびきのしばしば絶えぬ
なまよみの甲斐の街道あはあはと野生にあらぬぶだうの若葉

「甲斐の櫻」より。甲斐の武川村あたりを訪ねている一連である。一首目、「重川」は笛吹川水系の川。採石場を見ているわけではなく、ひびく音を誰かに解説されたのであろう。その情報をもとにつくられた歌と思うが「重川の水をかけつつ巨き石を切りゐる」という取り込み方に感嘆する。「重川」の名と「巨き石」の言葉の配合、調べの力強さが見事で、現場を見ていないのに、ありありと顕ってくる。実際は「ひびき」だけであり、それがしばしばきこえるのでなく、絶えるのである。

こんなふうに簡明に土地の感じを提出する旅行詠は女性にはめずらしいのではないか。

二首目、甲斐は石と川の荒々しさと、植えられた桃や葡萄、という、なだらかには接続しない風土の印象がある。街道沿いに連なる葡萄園に「野生にあらぬ葡萄の若葉」が「あはあはと」ある。「野生にあらぬ」は人工の印象をよくとらえていると思うのである。

日曜日の漁港のしづかさ此處に會ひて氷見の子供と言葉やりとりす

「氷見」より。これは富山県氷見での歌。何でもなくて解説の要もないが、旅情というものが豊かに感じられて好きな歌である。「氷見の子供」と、ここに地名を入れたところとか「言葉やりとりす」の散文的な叙述に、漁港での旅行者と、地元の子供のゆきずりの一場面がふっととどめられている。

森岡はもともとは旅行の歌が多い方ではないが、老いてより、しだいに旅先にモチーフを求めていったようだ。しかし平板な観賞にならないように相当なる苦心をしている。

*

浦島の話は老いの惚けなると思ひあたれりと母の言ひたる

「血小板」より。母をうたう一連である。この歌はおもしろい。浦島の話は、惚け老人が語った話だと思い当たったというのである。なるほどと、妙に納得がいく。そう考えると浦島だと思って語る老人のめぐりには見知らぬ人でなく知る村人や家族がいて聞いていたのかも、などと思ってしまう。ともかく九十代の母の「思ひあたれり」という断定の強さは説得力がある。

『夏至』のはじめの方にも、

弱者にはあらぬ守りの姿勢のこと昨《きそ》に言ひ今朝言へりははそはのはは

という母の言葉の歌がある。この通りの言い方だったかはわからないが、一般の老女は言いそうにもない。やはり軍人の妻たる気概であり「昨に言ひ今朝言へり」と、老いてその矜持が前面に出てきたという気配であろう。『夏至』では母の気質や輪郭が語られはじめている。『黛樹』での「ヤチダモの林のなかにてわが母は面輪を奥にむけいしとおもふ」のようなふしぎな存在感も、この中身があってのものだったのか、と思い至る。ずっと共に暮らしていながら、一定の距離感があり、また森岡には母の薫陶があるようだ。昔型の母と娘がそのまま、九十代と七十代になっている。その母との残りの時間が『夏至』の後半からの主要なモチーフとなる。

ここのそぢ長きいのちの悲しとぞ秋草文様の寢巻着る人
母とゐてふたりの時間のゆるゆるとすすみつつありゆるやかさ危ふ
しづかなる睦月ついたち話しつつ母の呼吸の荒れてきにけり
ははそはの母とわれとの日日とておのづから別れの淵へ行くべく

いずれも古調のたおやかさが、母との日日と重なるように、その時間と思いを容れて見事である。

一首目、「長きいのちの悲し」と母が言った。動詞は省略されて「秋草文様の寝巻着る人」という結句で止めている。寝巻だから、その文様もたいしたものではなかろうに「秋草文様」と言葉で母を美しく包んでいる。二首目、二人の老いの時間はすすむともないゆるやかさで、でも確実にすすんでいる。そのゆるやかさこそ意識できないゆえに危うい。「ゆるゆるとすすみつつありゆるやかさ危ふ」という表現がすばらしい。三首目、その静かでのどかな二人の時間の危うさは、こういうかたちでも、ふと気づかされる。「母の呼吸の荒れてきにけり」に不穏がある。四首目、こういう静かな二人の日日であっても「おのづから別れの淵へ行くべく」一方《ひとかた》へ流れているのだ。「わかれの淵」という古い言葉に時間の摂理へのかなしみが湛えられている。
最近の用語でいえば老老介護である。大変なこともあったはずだが、そうした現実の具体や観察の歌は全くない。それが森岡の歌でもあるのだが、母の尊厳を大事にしているのである。

夕方の日差しとどききてへやの戸に立てかけありし母の杖倒る

夕方の日差しがとどいたから杖は倒れたわけではないが、歌の流れにそんな感じがある。次の歌集『敷妙』での母の死を予感させる歌である。

すうえたあを胴に巻くなど雨冷ゆる日は流行にしたがふ人われ

セーターを「すうえたあ」と書く。この表記は綴りに従うのだろうが愉しい。「流行にしたがふ人われ」という洒落た自画像は、老いのゆたかさである。華奢な作者を思い描くと、いかにも様《さま》になっている。

一方《ひとかた》に流れる母との日々の中で『夏至』の終わりには、何となく心遊ばせるようなユーモラスな歌がまじりはじめている。これも『敷妙』につづくものだ。「一日といふ組み立てのあはひにて虚のやうな通路またも逢ふべく」という歌があるが蓋し「虚のやうな通路」があちこちに見出されているといえようか。

『敷妙』

『夏至』の翌年に出版された第八歌集『敷妙』は生前の最後の歌集となった。平成十三年の出版だが、平成六年から八年の作品を収録している。平成七年から二年間、森岡は「短歌研究」で三ヶ月ごとに三十首を連載した。その作品を主として収録し、その一回目のタイトル『敷妙』から表題がとられている。

平成六年に森岡の母は九十九歳で亡くなった。昭和二十二年から一つ家にともに暮らしてきた母であった。「母との別れを抱きこんで、この時期に、どれほどの歌がうたへたか。歌集名『敷妙』は母を擁した言葉でもある」と「敷妙後書」に記している。

初めての作品連載であり、母の死にまつわる思いがずっと流れているということもあって、全体的にまとまりのある印象の歌集である。

死にてゆく母の手とわが手をつなぎしはきのふのつづきのをとつひのつづき

「きのふのつづきの」が今日にならないで「おとつひの」と遡る。母と手をつないでいたのはおとといの前の日で、その日に亡くなったのだろうか。その日、死という別れがあったが、生きているものには日常の時間は連続している。その時間を遡ると、手と手をつないでいたときがある。上での「つなぎ」を下での「つづき」が連綿と重なって、輪つなぎのような歌である。

わが母の九十九歳の齢《よはひ》をばちりばめたりき敷妙の屋《いへ》

表題作である。九十九歳で亡くなった母を言葉で荘厳している。この敷妙の屋は母の九十九歳の齢をちりばめたのだ、という、家の言寿ぎでもあるのだ。金銀をちりばめた家、というように、母の齢そのときそのときをあちこちにちりばめた家なのである。空間に時間がある。ふしぎな歌だが、九十九という数字が、百にひとつ足りない、いわゆる九十九髪であり、歌の様式にふさわしい。

どれほどか時間うごかしてそこに見る八十歳の母六十歳の母

こちらは、ちりばめられた母の齢の歌である。八十歳だったときの母、六十歳だったときの母の顔やしぐさや、言葉、そして八十歳のときのそれらを「ほらそこに」と見るのである。「どれほどか時間うごかして」という曖昧さに、記憶というものと時間の感覚がある。人によって、記憶がその場の空間として保持されている人がいる。はっきりと、あのシーンとまるごと覚えている人が。森岡もそういう記憶の仕方をする人だったように思われる。

森岡の母の挽歌は、事柄や心情を述べるという一般的な歌い方とはかなり違う。死というものを通して、時間と記憶、空間と時間の在りようを反芻するのである。

雨つぶをうけたるやうにさみしさが服に著きてをりbrush《ブラシ》をくだされ

次の章「しなのき」の一首目。ひきつづき母恋の一連である。母を失った「さみしさ」であるが、この一首は自立しても十分読める。森岡にしてはめずらしい機智に富んだ洒落た比喩だが、同時にふと口をついたような自然さがある。「雨つぶをうけたるやうに」「著きをり」でなく「著きて」と「て」を入れた呼吸も案外に大事なことが読みくだすとよくわかる。「brushをくだされ」と突如、外部に向けて差し出された台詞になるところがすてきだ。

＊

葉《えふ》と果《くわ》と入りくめるをくぐるは悦樂か出でこしときに尾羽の亂れて

「禁慾性」より。母をしのぶ歌はまじりつつ『敷妙』はしだいに何か愉しさ、心弾みのようなものが加わってくる。その感じもこの集の味わいであろう。「葉《えふ》と果《くわ》と」と漢語の旧かな音のひびきがおもしろい。言葉に練れたつくりである。

葉むらの中に果実がぎっしり実って、その両方に触れながらくぐるのは、どんな悦楽だろう、その名残のように鳥の尾羽が乱れているよ、という。この体感の想像はとても愉しい。「入りくめるをくぐるは」は説明的とか読みにくいと指摘されそうであるが、ここが、いかにも入りくんでいて、くぐる窮屈な感じで「悦樂」にリアリティを付与している。

ところで『敷妙』にはこれに類する歌が散見する。

高校生かつての汝のくぐりたる棘の木の搔き傷抜け道の愉悦
さしのぶる枝の數數のあるやうなるわが部屋にわがしりぞきをりて
うちなびく若葉のなかにこゑいづるもとより鳥の愉樂にあらむ

密集の中をくぐる愉悦のようなテーマがよく出てくる。一首目は都立大学校庭での歌。棘の傷までつくって抜け道を通った高校生の息子さん。これはよくわかるが「愉悦」をことさら使っている。二首目がおもしろい。「さしのぶる枝の數數あるやうな」わが部屋、という比喩は文学的な香りがする。「わがしりぞきをりて」もうまいのである。これは愉楽とは言っていないが、言わずと感じられる。三首目も「愉樂」を使っている。人間も鳥も、こういう状態の中で時間を過ごすのが愉楽なのだ、という自然《じねん》に思いを致しているのであろう。

＊

末枯れたるつるを引きたり狼藉ののちにむかごよと言ひつつひろふ

山芋のつるを引いた。その行為を「狼藉」と言ったのが、古風でおおげさで、おもしろい。そこで落ちてきたのを「むかごよ」と言いながら拾う。大いに茶目っけのある歌だ。「言ひつつ」だから誰かといっしょなのだろう。

「鬱金葉の日日」十一首は亡き母を恋い、在りし日の母を偲ぶ一連なので、これも母との或る日であろう。ともに老いた母と娘が、山芋のつるを引いては、むかごを拾っている。そんな情景を思いうかべて私はたのしむ。偲ぶ歌の中にあって、これはいきいきと現在形である。

森岡の母の亡くなったのは年譜で確かめると二月であるが『敷妙』の歌からは、その季節がふしぎに特定できない。亡きあと、どのくらい経っての歌なのかも不明で、まだ生きているかのような歌もまじる。意識や記憶としてのリアルな在りようが、短歌という形式によく溶け込まされている。

出できたり明日葉摘みて厨に入る　かくなめらかにロボットは歩まず

「由縁」より。これも何かおかしみのある歌。母の動作を見ていての歌か。出てきて明日葉を摘んで厨に入る、という動作の流れは、老いてもなめらかで、ロボットとは違う。ぎこちなくてロボットのようだ、という比喩が一般的にありがちな気がするが、これは意表をつく。

次の歌が「その足は地面離れしともなくて地面を渉りき九十九歳なりし母人」なので、やはり母をうたったものであろう。はじめ私は自分をこのように歌ったのだと読んでいた。それでもおもしろいと思う。

＊

朝光《あさかげ》のひろびろしきに昨《きぞ》の夜のつきかげありしあたりを掃きぬ

「心地」三首より。「ひろびろしき」という語彙は辞書にも古語にもないようだが用例はあるのだろうか。朝の光がひろびろとあたっていて、昨夜見たときは、このあたりに月光がさしていたと思いながら掃いている、といったところであろう。何でもないことだが、独特の感じがするのは「ひろびろしきに」の「に」である。月光のさしていた一部分を自分は掃いた。朝光はあまねくさしているけれど。そんなニュアンスを感じる。むろん「に」はそこまで逆接ではなく、ひろびろしきところに、くらいだろうけれど。

この空間による時間の感じ方はやはり森岡らしい。朝光のひろびろとした現在の空間の中の、昨夜の月光の空間を掃く。時間を掃いているような趣きがある。

日日のくりかへしのなか心臓のつと止まるとき鳥なども墜つ

森岡さんが亡くなったとき、何となくこの歌を思い出した。「鳥は」でなく「鳥なども」の「など」が森岡流である。

鳥は寿命が尽きたとき空から、または木から墜落するのだろうか。実態というより「鳥なども」であり、普遍的な死というもののイメージを言っているのだ。日常の同じことが繰り返されていて、そこからふっと墜落するのだと。これは壮絶な闘病ののちの人間の死にはあてはまらないが、やはり人の死を含みつつの「など」なのだろうと思う。

幹に生ひ葉のひよやかにうすあをきそれだけを見てをりて思はる

「感官」一首より。「ひよやかに」はひよわな感じに、ということ。幹に生えた葉がひよわそうにうす青い。「それだけを見てをりて思はる」が難解である。どういうことか。

「感官」というタイトルでこの一首だけが置かれている。感官を辞書で引くと、感覚作用とその知覚作用、とある。すると、見るのも思われるのも「葉」のことで、「見る」という感覚が「思はる」という知覚による情に推移する、同時にそうなる、というようなことを言っているのかもしれない。

そんな解釈は別にして、この歌のうねりには十分な魅力がある。「幹に生ふ」でなく「幹に生ひ」と始まり「葉のひよやかに」で一拍あって「うすあをき」と置く。「それだけを／見て／をりて／思はる」という、ふしぎな流れ。独特でありながら和歌の調べも重なってくるようである。

『九夜八日』

平成十三年に『敷妙』が出て、次の歌集は遂に出ないままに、平成二十一年一月、森岡貞香は亡くなった。『九夜八日』はご子息の森岡璋氏によってまとめられ、一周忌にあたる平成二十二年の一月に出版された。

「この歌集は母の第九歌集に当り、主に平成九年から平成十一年までの約三年間の発表作品を中心にまとめてあります。但し小題の「誰か視るらん」までは、平成八年以前の発表作であり、作歌時期が『夏至』『敷妙』と重なっております。」と森岡璋氏が「あとがき」に記している。まだまだ、だいぶ遡った時期の作品である。

また「母は歌集を編集する場合、まとめる予定の作歌期間の作品を一部改作、一部を捨てて、順序も組み替えて一冊の歌集に再構築していますが、今回は改作は勿論、並べ替え等は一切行わず、原則として発表月日順に、付している小題はそのままに、付されていない作品は雑之歌と記して並べております」と述べて、今までのような、まとまった歌集でないことを断っている。

多かれ少なかれ、歌集を編むときはこういうプロセスはあるわけだが、殊に森岡貞香は相当の改作、並べ替えをする。しないではいられないゆえに、容易に歌集が出せなかったのだ。しかし、編集されない歌集というものを読むのも、読者には楽しいものであった。『九夜八日』は、なんとなく構えのないおかしみのある歌が多いのである。ちなみにこのタイトルは森岡璋氏が付けられた。「山中のかぐろく硬きなるさ枝やまざくら咲くまで九夜八日か」からとられている。古事記の「日日並《かがな》べて　夜には九夜《ここのよ》日には十日を」の変奏のようでもあり、とてもいいタイトルである。森岡さんも蓋し、気に入っておられるに違いない。

呑川を覆へる道路ぬばたまの夜に白影に見えるあやしさ

森岡の住む都立大学駅近く呑川は暗渠となっていて、遊歩道に桜並木がある。「白影」がわかりにくいが、舗道が白っぽく立ち上がってくるような感じだろうか。昼間は暗渠ということも意識されないが、夜にふと白い影のように川のまぼろしを感じたあやしさかもしれない。呑川は高度成長期に汚れがひどくなって埋め立てられたようである。東京には暗渠が多いが「呑川」という名前が効いている。その名前でもう一首、うしろのほうにある。

　　覆はれて見えずなりゐる川なればここは呑川といひて道踏む

「呑川」という名は、かつてはよく氾濫して家や人を呑み込んだからといわれている。それを呑まれた川と逆転した発想がおもしろい。

　　なつかしきのごときのよりそひ此のさきのことなつかしくわが思ひゐる

「なつかしきのごときの」という言い回しが、例によって一般的ではない。「なつかしき」を名詞と読んで、なつかしいようなさまざまがよりそって、という感じだろうか。

なつかしき人のよりそひ、というふうには言わず「のごとき」と曖昧模糊とするのが森岡流である。なつかしき人か物か空気かわからない。それで、「此のさきのことなつかしく」と、未来をなつかしく思う歌ははじめて見た。しかし、なつかしさがよりそっている身には、このさきのこともなつかしく思われる、という心持には、いたく惹かれるものがある。齢を重ねれば、何に触れてもそこに記憶は重なるのである。豊かな老いの歌といっていいのではなかろうか。

歌集の後のほうに「過ぎし日に見たりしが來む日にも見るならんついばみ直ぐに鳥去《い》ぬ」という歌があるが、わかりやすく言えば、こういうことであろう。

丸窗のやう大きなるガラス壜紫雲英草の花の蜜あり
舐めるといふことたのしみにありしかば大壜の中の蜂の蜜減る

たのしい二首。ふくらんだかたちの蜂蜜の大壜はよくある。レンゲ蜜を「紫雲英草の花の蜜」と美しく表記した。「紫雲英」は「ゲンゲ」の漢名である、レンゲソウというと「蓮華草」の字があてられるが「紫雲英」が断然いい。「丸窗」に「紫雲」が見えているようなイメージも過ぎる。「曇紫雲英草」という漢字の続きも、一瞬読めないところがおもしろい。

二首目は、舐めたら減る、という、あたりまえの歌。「たのしみにありしかば」と言って「減る」が、いかにも残念そう。大曇だから安心していたけれど確実に減る、という感じが出ていておかしい。蜂蜜をひとり舐めている老女が彷彿とする。

山鳩とは相見ざるかな椎の木の下の落葉をあゆむ音にて

山鳩の鳴く声はよく聞こえてくるが姿はあまり見ない。

これは声でなく、木の下の落葉をあゆむ音。鳩があゆむ音を察するのは、庭にいつも気配があるのだろう。こちらから姿が見えない、でなく「相見ざる」という。庭で顔を合わせないという感じ。「あゆむ音にて」が独特である。今は、椎の木の下をあゆむ音が山鳩なのである。ある範囲の中で、出会わずにいる生き物どうしの親しみがあって、好きな歌である。

この歌集には庭の山鳩が多く登場する。

ごろすけところによびやりぬ冷え冷えしきこの夕方に青葉に鳩啼く
雪消えの朝に來たりて羽ばたくは親しき者のやうにて山鳩
ふるにはの椎のあたりに飛び下りてこし山鳩の歩みはじめぬ

いかにも馴染みの知己のようだ。

*

霧吹きの壜を持つわれ梅しろくにほふ下にて物を思はず

こういう情景には歌ではもの思いをすることに相場は決まっているのだが「物を思はず」という結句は意外である。森岡には、こうした打消しの用法がかなり見られ、何事もない、とか、由縁もなくとかを一首に入れてくる。あまりやるとパターンにもなるが、森岡の場合、言い回しではなく実感が伴っているのだろう。実は物を思っている、ということではなくて、物を思っていないことに気づく、意識するのである。そのとき「霧吹きの壜を持つわれ」が発見される。霧吹きの用途が読者にははっきりしないだけに、茫とした情感を醸す。「梅しろくにほふ下」の匂いも「物を思はず」という気づきをうながす作用になっているのである。

われならぬ水搔きの片方を搔きながらすいれんの葉のへりを過ぎにき

片方の水搔きだけで搔きながら、すいれんの葉のへりを過ぎていった。「われならぬ」は「われならず」と同じだろうか。これまた独特の打消しの用法である。この歌の場合は「われならぬ」とあえてことわったのは、その鳥がふと自分のような気がしたのではないか、という気がする。わたしじゃないかしらん、の反語。すいれんのへりを通るときの「水搔きの片方を搔きながら」という動作に、何か自分に通じる感覚をおぼえた、そんなふうに読んでみる。でも同時に、わたしとは違って片方を上手に搔きながら、と読むこともできる。どちらにせよ、思わず呟いたような「われならぬ」が味わいの歌である。

薔薇のつる雪の重みに下りゐしなほくだりこむと椅子にゐておもふ

下ってきている薔薇のつるを見ながら、もっとくだってくるだろうと思っている。ふつうは眼前の状態だけうたうのに、この先の状態をいうところが森岡らしい。これも空間に時間の継続を見ている。「薔薇のつる／雪の重みに／下りゐし」とゆっくりと下ってくる調べが「なほくだりこむと」と、いかにもずり下がってくる字余りになって「椅子にゐて思ふ」も、字余り。同じ八音でひきのばされて、調子はとれている。「椅子にゐて」という、自分の位置の明示も、つるが下ってくる同じ時間をそこに感じさせる。

あとさきの混みあふときを汝のくるま走れずなりぬわれもろともに

「われもろともに」が何ともおかしい。乗っていれば当たり前である。渋滞に巻き込まれたということを「あとさきの混みあふときを」という、くだきかたも、なかなかの手腕であって、歌になりそうもない内容を、とぼけた味わいの歌にしてしまった。森岡はご子息の車であちこちに出かけているのだが、その「汝のくるま」の歌はいつも楽しませる。

汝のくるま速力出でぬ　lace《レース》の如き花野菜の青き廣畑のへり
われ降りてもの言はぬまに汝のくるま消えてゐたりきうろたふあはれ
汝のくるま時過ぎたれば給油所の笠の中より此の方に來ぬ

*

かたはらに人のなにゆゑか長くゐて木の枝にては小さき枝光る

後半の「雑之歌　二十」より。誰かがかたわらに長く居る。誰かは言わず、なぜか長くそばに居るというのみである。誰にしても、今、かたわらに居るのは、たまたまの時間のなせる配合のようなものである。そういう時がある。そのとき木の枝には小さい枝が光る。「なにゆゑか」はそこにもかかる。

かたわらに人がいることと、木の枝に小さな枝が光ることは何の関係もないままに一首に並ぶ。こういうつくりが、森岡さんの若いころからの特徴の一つであった。「なにゆゑか」「ゆゑんもなく」が通底して流れているモチーフであろう。その人が長くかたわらにいる心情とか自分の心情には関わらない。「木の枝にては」という辞も、短歌では強くひびきすぎるのを、あえて使う。森岡の辞には抵抗を感じる読者も多いだろう。そこが魅力でもあるのだが分かれるところだろう。

夏と言ひ歩みて夏のそばに戻る　百日紅も亡きも思へば

「夏と言ひ歩みて」は「ああ、夏だ」と言って歩いている実景と読んでいいと私は思う。そうやって「夏のそばに戻る」。「夏」は季節だから「そば」という空間的な用語をつけるのが変わっている。この夏は森岡にとっては終戦の特定の夏であろう。「百日紅も亡きも思へば」で、それはよくわかるのである。「終戦の夏に戻る」「あの夏に戻る」という表現をすればごくわかりやすいが、「歩みて夏のそばに戻る」と、時間を空間として歩いて戻っていくのである。そして「夏に戻る」のでなく「夏のそば」に戻るのだ。

「言ひ」「歩み」「戻る」「思ふ」という動詞の多さ、それぞれニュアンスに、終戦からの長い歳月の経った思いが、ひだとなって表れているようだ。

似た歌が次の歌集『少時』に出てくる。

夏といひ夏に戻りゐるありさまのひるがほのはな蜂死にてゐる

めずらしく「ひるがほ」の花だが、やはり敗戦の夏の歌の中に置かれている。

戦言葉《いくさことば》やうやく忘れてありしかどねむりのきはにともなふらしも

その次の歌。終戦から五十余年ののち「戦言葉やうやく忘れて」とうたう。森岡は一般の人よりも戦言葉を聞きなれていただろう。標語的な言葉だけでなく作戦用語にもなじんでいる。それらを思い出すこともようやくなくなってきていたが、ねむりぎわにふっと浮かぶのだ。

しかし浮かぶ、とか甦る、とかでなく「ともなふ」という動詞に味わいがある。戦言葉をともなって眠りにつく、というのが、誰かと連れ添っていくような情感があるのだ。戦言葉とは、それを発していた夫でもある。「らしも」の古語詠嘆がふさわしい歌である。

死と生と殆ど同じくありし日に愛戀のことちひさく深く

次の次の歌。こういうストレートな歌は森岡にはめずらしい。戦時には死と生がほとんど同じだった、という感慨は、その時代を生きた人に共通のものだろう。その時代に愛恋のことは小さく深かった。一首全体が一般的な述懐のようでありつつ、そう感じさせない。八十歳を過ぎての「愛戀のこと小さく深く」という述懐は切なく胸に沁みてくる。

後半のこの「後の日に」という一連十四首は、夏の現在から、かの夏を述懐しつつ構成的にもすぐれた一連になっている。まず冒頭に、

暑いなと目のまへにて言ふいかにこゑの肖る者が吾を見つつ言ふなり

を置き、挙げてきたような歌のあいだに、

しらしらと夜の終りなり山鳩のころがれるこゑけふのうつつに
薔薇の葉の失せて蔓のみあそびつつ山鳩は啼く變らないこゑ

などの歌を織り込んでゆく。山鳩のこえが時間を超えて、うつつにひびく。ふかぶかとした実にいい歌で、挟まれた他のどの歌もいい。そして最後に

汝の車に東京灣の下ゆくと兩壁あかるくなびきてやまず

という、まさに、忘却の末のような現代日本の人口風景の虚ともいうべきあかるさで

締めくくる。冒頭と最後に子息とともに在るのが、一連をくっきりとさせている。

『少時』

ここから次の遺歌集『少時《しまし》』に入る。

『少時』は『九夜八日』と同年の平成二十二年八月、森岡璋氏の手によって出版された。第十歌集にあたる。平成十二年から十五年の発表歌を収録している。タイトルはやはり森岡璋氏が歌集中からとられたものである。たしかに「少時」という言葉がこの歌集には多く出てくる。雑誌の発表のタイトルにも、いくつか付けている。「少時」に「しまし」と振るのも森岡貞香らしく、いいタイトルである。

脚硬き椅子にしましの過ぎてゐぬ何も見ぬまま歩みたるごと

仮名書きの「しまし」も多い。椅子に過ぎた「しまし」の時間。うたたねをしていたのかもしれない。その間が何も見ずに歩いたように過ぎていた、というのである。この感じはふしぎにリアルだ。椅子の形容である「脚硬き」が「歩みたる」に作用してくる。

この歌で思い出すのが『黛樹』の

椅子に居てまどろめるまを何も見ず覺めてののちに厨に出でぬ

である。これは「何も見ず」のあとに出て行っているが、今回の歌では「過ぎてゐぬ」で終わり、何か老いのふかまりを感じさせる。合わせて読むと或るさびしさに浸される。

生き殘りゐるわが時間人らより加速してをり過ぎてかゆかむ

これもいま少時、の歌といえる。時間が加速してゆく感じは、私の年齢でもすでに大いにあるから、なおさらのことであろう。ほとんどの人が自分より若くなって人よりも時間は加速してゆく。「加速してをり」と言っておいて「過ぎてかゆかむ」過ぎてゆくのだろうなあ、という茫洋とした結句に味わいがある。

鐙摺《あぶみずり》といふ漁港への狭き下り日差し冷たくわが前に延ぶ

「海近き地にての物語」より。「鐙摺」は「狭き下り」にかかる。馬の鐙が摺れるほど狭い道ということで、そう呼ばれているところであろう。その下り道が「日差し冷たくわが前に延ぶ」というのがとても良くて好きな歌である。

「鐙摺」という言葉が、馬の通る姿を森岡に思い起こさせているだろう。「馬の背越え」とか馬にちなむ呼び方は多いが「鐙摺」はとりわけ生なまと馬の肢体を感じさせる。

この歌の前に「不如帰の碑」が出てくるので、この海岸は森岡が戦後まで住んでいた厨子であろう。冬に子息と連れ立って訪れている一連である。

夕方の道のべにわが現はれて羽ばたきをせり人ら知らずも

「少時をわれは」より。茶目っ気のあるおもしろい歌。「わが現はれて」からしておかしい。とつじょ自分が出現したのを見ているよう。羽ばたきをしてみましたよ、誰も知らないでしょ、といったかんじ。「人ら知らずも」の古調がよりおかしみを誘う。この前に「たふれ伏す眞菰のうへは白き羽根汚れて坐る想ひ眩しき」があるので、羽ばたきがそう唐突には感じられない流れになっている。

＊

この沼の山の影のうへ未草《ひつじくさ》は二日めのしろき花けふのしろき花

妙高への旅の一連「事のあらぬ間」八首より。「未草」は睡蓮。未の刻くらいに咲くのでこの名がある。「睡蓮」なら字数は合うが、字余りにしても、ここは和名「ひつじぐさ」としたいところだろう。全体にも字余りだらけで、調べは二句からすでにずれながら、結句までずれたままの、或る美しい調べを保つ。ふしぎなバランス感覚の文体である。

いま咲いている花に「二日めの」「けふの」という時間の差異をうたっているのは、めずらしい。視覚ではなく、一つ一つの花に時間を見ている。「未草」という名にも時間があるのだ。沼には山の影が落ちているのだが「影のうへ」という言い方も特異である。影がさすのも時間なのであり、今、視覚的空間としての影の上に、白い花としての時間が乗っかっている。

歌の空気や言葉の細みの印象は、ドイツロマン派を感じさせるものがあり、森岡には当初より、そういう傾向の歌が見出せるのは、ふしぎなようでもあり当然のようでもある。

走りゆきし軍靴の凹み雪のうへに残りき二月廿六日明け方の凹み

「日日を數へて」より。二・二六の記憶は、これまでも幾たびか歌われてきている。

明け方、知らせを受けた夫は急遽、走り出て行った。軍靴の凹みが雪の上に残っていた。この具体はこれまで詠まれていない。「凹み」をくりかえして「残りき」と強く言っているから鮮明な記憶であろう。これまでの二・二六の歌は

戸のすきまより烈しくみえてふる雪は一隊還らざる時間のごとく　『珊瑚數珠』
さかのぼる時間のうごかせざる時間二月廿六日反亂の記録　『敷妙』

というようにかなり抽象化されている。関与した対験は述べない。森岡の中には、或いはタブー意識というか、表現しにくいものがあったのだろうか。

非常呼集ありて人行きぬそれよりの一人居に雪ふりてやまずき　『黛樹』

と、さりげなく触れてはいる。夫はむろん直接には連座していない。しかし松本清張の『昭和史発掘』の二・二六事件1のところで、二・二六事件の引き金となった相沢事件の謀議の途中までは夫、飯淵幸男少尉の名はしばしば登場し、同志だったがのち

に転向する、という記述がある。その雪の朝、走り出た夫の胸中はただならず、また複雑であっただろう。「凹み」という言葉は、歴史の凹み、人生での凹み、といったものも感じさせる。長い歳月が経っての「軍靴の凹み」が生々しい。

また同じところに行きたいのだあなたは　と汝言ひたりき

「同じ所」より。この前に「沼べりに佇む寫眞見よといふにわれの身柄をなつかしみ見ぬ」があり、同じところに旅したいんだね、ということだろうとわかる。森岡の歌では「汝」はつねに息子さんである。でも一首だけで読んで、ちょっと唐突な投げ出し方がこの歌はおもしろい。いろいろなふくらみをもって読める。もともと「また同じところ」は、この沼のある場所という限定ではないのだ。また、同じところに行きたがるんだね、いつも、という、性向への指摘なのだ。

時間空間の同じところに森岡はいつも行く。或いは同じ空間に行くことは、そこでの時間を感覚する、ということで、それを好むのである。「あなたは」という呼び方には、あなたという人は、というニュアンスがあって、母という以上に一個の人間としての尊重の念、連れ添うもの同士のような情感がただよう。

　　手文庫の中に見當たらねばつつじ咲く庭の向うを見てをり少時

手文庫の中に何が見当たらないのか全然わからない。見当たらないので、つつじの咲く庭の向こうを見ていた、というのも、何かとぼけたかんじの歌である。ここにも「少時」がある。たしかに、何を捜していようと、歌ではどうでもいいわけだが、省略されると「無い」という感じがことさらにする。それが庭の向こうに在るわけでもないが、ふと目を遠くに遊ばせる。こんな味わいも老いの歌ならではだろう。

『帯紅』

ここから、最後の遺歌集『帯紅』にはいる。『帯紅』は平成二十三年（二〇一一）にやはり森岡璋氏の手によって出版された。第十一歌集にあたり、晩年の平成十六年から平成二十年までの作品五六〇余首を収録している。「帯紅」というタイトルは、璋氏の「後記」によれば、森岡の手文庫に小さな和紙が何枚か入っていて、今までの歌集名が記され、使用されていないタイトル名もあり、その中の一つを選んだという。百日紅の紅、軍帽の総の紅を歌いつづけてきた森岡の、ほんとうに最後にふさわしいタイトルだと思う。

衰ふるひつじぐさの浮葉など青くあらざりゐもり棲むこの沼

やはり妙高の一連。『少時』であげた「この沼の山の影のうへ未草は二日目のしろき花けふのしろき花」での異なる季節である。また同じところに来ている。秋深く、ひつじぐさに花はもうなく浮葉も青くない。青くない、というと青が目に浮かぶ。この沼は「ゐもり沼（ぬ）」と呼ばれているらしい。衰えた浮葉だけがある寒々しさに「ゐもり棲むこの沼」には、と、いもりを生なまと感じている。同様の字余り文体でも、こちらは陰鬱な調べ。前の歌が「この沼の」で始まっているのに対し、こちらは「この沼」で終っているのも、印象を違えておもしろい。同じ場所の異なる季節の表情に時間の推移を見るのが、森岡の好みなのである。

核燃料を運ぶ車輛に會ひたる日の夜を月山の麓にねむる

「月山行」より。羽黒山、月山の辺りも森岡の好きな場所であった。「核燃料を運ぶ車輛」は使用済核燃料を青森へ運ぶのだろうか。出遭った場面をうたうのでなく、出遭った日の夜に月山の麓に眠ったことを詠むところが森岡らしい。時間が含まれてくると同時に、「核燃料」と「月山」が一首の中に同居することで衝撃が生まれている。「月山行」の一連の冒頭に、この歌が置かれているために、その後の古代よりの幽暗の景も、現代の現実がまがまがしく刻印されているのである。

『帯紅』の前半を占める旅などの叙景は、年齢の衰えをいささかも感じさせない。むしろ、観察にも文体にも力が入っているとさえ思われる。しかし、しだいに出かけることもなくなり、老いのそこはかとない歌が増えてくる。

踏むといふ力の弱くなりぬるを若く死にし者はかかることは知らじ

「植物界」より。老いの体力の衰えは、人さまざまに意識されるだろうが、ここでは「踏むといふ力」に感じている。なるほどと思われる。足がおぼつかない、という言い方でなしに「踏む」という動詞によって、人は特に土や草を強く踏みつけて歩いているのだと実感させられる。その弱まりなどは若く死んだ人は知るべくもない、という感慨は、しみじみと伝わってくる。

悲哀《かなしみ》この朝にあり鈍感の昨夜ありけり　からうじて私

この歌、突き抜けていてすごいなあと思う。或るときは悲哀が迫り、また或るときは何も感じていない。老人でなくとも、そういう感じはするが、ここで意識されているのは、老いの状態の即自存在的な感じであろう。「私」という全体性が希薄になってきた感覚が「からうじて私」である。

この歌のざっくばらんな大胆な口調は、老いのほどけなのだろうか。たとえば斎藤史の「そりやああなた」と似ているようでいて違うようである。

てーぶるのうへに色色と置きてあり眠るべくまた覺めるべくわれ

「色色と置きてあり」のアバウトさ、「眠るべくまた覺めるべくわれ」の取り留めなさ、さびしくも、こういう歌には惹かれるものがある。「色色と」はするべき選歌とかもあるのかもしれない。置いてあるが、ただ眠りと目覚めをくりかえす「われ」である。

蟬の穴あまた見しより取止めもなき夕べにて汗ばみてをり

「見しより」という推移が「取止めもなき」につながっていく漠とした感じに味がある。「汗ばみてをり」という結句も「あまた見しより」にやはりつながってくる。単に汗ばむという身体に引きつけてきたところがいいと思う。ここで心境や魂には行かない。「蟬の穴あまた」という穴の存在に、身体がとりとめなく関係しているのみである。

戰後とふ言の葉を身寄りのごとく戀ふ戰後を生きて亡きを語りて

「身寄りのごとく戀ふ」に思わず涙ぐんでしまった。「また同じところに行きたいのだあなたは」という声が聞こえるようだ。「身寄り」は文字通り、身を寄せるところである。どこから「戰後」という言葉自体も日常に使われなくなったのか。しかし森岡は戰後をずうっと生きたのである。亡きを、つねに現在のように語り続けたのである。そういう歌人は森岡だけであったと思う。

われの不圖よろけし時になつかしむよろける母の手を握りし日
悲しげな顔してをりしわれらしも汝は見て言ふ〝何か食べるか〟

一首目は「短歌現代」、二首目は「短歌研究」の平成二十一年一月号に載った作品である。この一月末に森岡貞香は亡くなった。

あとがき

森岡貞香さんが亡くなってもう七年近くになる。歳月の流れは速い。

亡くなった年に依頼を受けて、「短歌現代」に「森岡貞香の秀歌」の連載を始めた。二〇〇九年八月号〜二〇一一年十二月号（終刊号）まで、二年四か月の連載となった。

第一歌集の『白蛾』から、遺歌集の最後の『帯紅』まで十一冊の作品を過した鑑賞である。森岡貞香のうたに浸れる時間は私には貴重な楽しい時間であった。うたを読むのは楽しいけれど、どう書くかはむずかしく、こんな鑑賞はないほうがましだと思えたことがたびたびである。書式も、歌集ごとの作品数の配分も、何ひとつ前もって考えず、気ままに書いていったために、後で読んでみると、整理のはなはだ難しいものになっていた。

「短歌現代」を発行していた短歌新聞社もなくなり、文章の整理にも手のつかないままに、三年余りが経過してしまった。でも森岡貞香の歌の本は何とかして出したいと思っていた。このたび、森岡貞香の歌集を多く手がけている砂子屋書房の田村雅之氏のすすめにより、ようやく出版を決意し、大幅に削ったり直したりして一冊とした。根気よく付き合ってくださった田村氏には厚くお礼申し上げます。

花山多佳子

森岡貞香　年譜

大正五年（一九一六）　三月四日、松江市に生まれる。父森岡皐（陸軍軍人）母科の長女。松江市は当時の父の任地であった。

大正六年（一九一七）　一歳。父にしたがい東京へ移る。四谷区に住む。大正九年、四谷区にて幼稚園に入る。

大正十一年（一九二二）　六歳。父の転任に伴い（台湾軍司令部参謀）、母、妹と台北市に移る。台北南門尋常小学校に入る。

大正十二年（一九二三）　七歳。帰国する。父は以後東京と外国駐在をくりかえし家族は東京に住む。家を変わるたびに小学校を転校する。

昭和二年（一九二七）　十一歳。父にしたがい中国旧満州奉天（瀋陽）へ移る。奉天市の春日小学校を卒業する。続いて奉天高等女学校へ入学する。後に帰国し、東京私立山脇高等女学校へ移り同校を卒業する。

昭和七年（一九三二）　十六歳。胸部疾患にて休学中、短歌に興味を持ち、母方祖父が生前「心の花」をみていたゆかりもあって竹柏会に入会する。

昭和九年（一九三四）　十八歳。板垣喜久子夫人（ポトナム同人。後に東京裁判にて刑死の陸軍大将板垣征四郎妻）のすすめにより年末に「ポトナム」に入会する。

昭和十年（一九三五）　十九歳。十二月に飯渕幸男と結婚。

昭和十一年（一九三六）　二〇歳。二・二六事件起こる。夫が近衛歩兵三連隊の同僚中橋中尉との交流により取調べをうける。

昭和十二年（一九三七）　二十一歳。対中国戦争起こる。夫、北支戦線で重傷。後送され東京赤十字病院へ移される。留守宅を東京青山の（斎藤茂吉宅と庭を境していた）両親の家へ置く。改造社「短歌研究」に作品転載される。

昭和十五年（一九四〇）　二十四歳。夫の任地姫路市にて男子（璋）出生。八月、東京へ移る。

昭和十六年（一九四一）　二十五歳。『戦線の夫を想ふ歌』（日本短歌新聞社刊）に作品収録される。ポトナム同人合著『ポトナム歌文集』に加わる。十二月、対米戦争に入る。父（陸軍中将京都師団長）比島へ派遣される。

昭和十七年（一九四二）　二十六歳。夫、陸大卒後中国山西省へ（軍参謀）、その後漢口へ派遣される。留守を病む。

昭和十八年（一九四三）　二十七歳。病後療養のため神奈川県逗子市へ留守宅を一時移す。

昭和十九年（一九四四）　二十八歳。歌誌統合により「ポトナム」「アララギ」と合併する。作歌は中断しなかったが、送稿はせず。

昭和二十年（一九四五）　二十九歳。五月よりの空母艦載機の空襲をうける。多い日は千五百機、終日機銃掃射をうけ逗子桜山の横穴壕に入る。八月、逗子にて終戦を知る。逗子市に戒厳令が敷かれ、一時信州蓼科の山家へゆき八月末帰宅。十二月、夫、朝鮮済州島より帰還。

昭和二十一年（一九四六）　三十歳。夫、四月急逝。以後十年売り食いの生活に入る。時代の変革の中で内面の変革を自覚し、作歌態度かわる。健康不調。父、北京より帰国。

昭和二十二年（一九四七）　三十一歳。逗子尾崎孝子宅の「歌壇新報」歌会へ出席、近藤芳美・加藤克巳・中野菊夫とはじめて会う。「新日光」二号に、蛾の歌を発表する。「ポトナム」は「くさふぢ」として復刊。福田栄一「ポトナム」を離れ「古今」創刊。逗子より東京目黒区の現住所へ璋を連れて戻る。

昭和二十三年（一九四八）　三十二歳。蛾の歌、「婦人朝日」に取り上げられる。『小紺珠』を携えた宮柊二とはじめて会う。

昭和二十四年（一九四九）　三十三歳。「女人短歌」創刊に加わる。五島美代子、葛原妙子との交流、この時より始まる。巻頭作品として七首掲載。後に「女人短歌」発行人（終刊まで）。

昭和二十五年（一九五〇）　三十四歳。新歌人会発足、加わる。福島県短歌会に行き、山田あき、葛原妙子、阿部静枝、佐藤佐太郎、宮柊二と一泊する。「短歌研究」「日本短歌」に作品発表。秋、毎日ホールで釈迢空の講演「女人の歌を閉塞したもの」をきく。

昭和二十六年（一九五一）　三十五歳。「短歌研究」に三十首発表。好評を得る。体調衰える。十月、胸部整形手術をうける。輸血によるB型肝炎併発。

昭和二十七年（一九五二）　三十六歳。第二回整形手術。計肋骨七本切除。入院中第二書房より歌集出版の申出あり、退院後七月、歌集稿を渡す。

昭和二十八年（一九五三）　三十七歳。第一歌集『白蛾』（第二書房）刊。三島由紀夫序をかねて帯文を書いてくれる。読売新聞書評欄にて十返肇『白蛾』を取り上げる。短歌雑誌連盟歌集賞。
昭和二十九年（一九五四）　三十八歳。角川「短歌」創刊。三号に「正方形」三十首発表。健康となる。
昭和三十年（一九五五）　三十八歳。角川「短歌」に「赤き木の実」六十首を発表。この頃作品研究会（新歌人集団解散後の同じメンバー）に加わる。璋を伴い葛原妙子の軽井沢山荘で夏を過ごす。
昭和三十一年（一九五六）　四〇歳。第二歌集『未知』（書肆ユリイカ）刊。現代歌人協会発起人。ポトナム退会（主宰小泉苳三死去）。
昭和三十二年（一九五七）　四十一歳。同人誌「灰皿」作品研究会メンバーによる創刊に参加。約二か月婦人代表団に加わり中国各地を巡る。
昭和三十三年（一九五八）　四十二歳。現代歌人協会理事（昭和三十三年〜四十九年、昭和五十三年より再び）。
昭和三十四年（一九五九）　四十三歳。ＮＨＫ教養番組企画及び台本を書く（以後四十一年まで）。父死す。「灰皿」休刊。
昭和三十五年（一九六〇）　四十四歳。歌と評論誌「律」近藤芳美・前田透両氏と創刊、編集に加わる。三号で休刊。
昭和三十九年（一九六四）　四十八歳。第三歌集『甃』（新星書房）刊。
昭和四十三年（一九六八）　五十二歳。歌誌「石疊」創刊主宰する。茂吉の歌の鑑賞をはじめる。この頃より伊豆山名月歌会選者。
昭和四十六年（一九七一）　五十五歳。上山市茂吉の生家をたずねる。出羽三山を巡る。
昭和四十七年（一九七二）　五十六歳。自宅焼

失。歌書、歌稿、記録のほとんどを焼失する。璋の協力により家を建てる。「石疊」定期刊を守る。

昭和四十八年（一九七三）　五十七歳。『現代短歌大系』（三一書房）十巻の女流作品集に作品収録。雪の日に横断路で右大腿骨骨頭損傷。下半身ギブスに入る。右下半身ヘルペスを病む。

昭和五十二年（一九七七）　六十一歳。第四歌集『珊瑚數珠』（石疊の会）刊。この頃より茂吉の歌と平行して文明の歌の再読をはじめる。

昭和五十四年（一九七九）　六十三歳。この頃より朝日カルチャー講座、新聞短歌欄選者等を受け持つ。

昭和五十五年（一九八〇）　六十四歳。筑摩書房『現代短歌全集』十二巻に『白蛾』収録される。

昭和五十六年（一九八一）　六十六歳。有斐閣短歌読本『家族』執筆。明治綜合歌会委員。北国新聞歌壇選者となる。

昭和六十年（一九八五）　六十九歳。女流歌人論として「五島美代子」執筆（『女歌人小論』第一巻）。歌人クラブ講演「鑑賞と作歌」。葛原妙子死す。弔文を読む。

昭和六十一年（一九八六）　七〇歳。『葛原妙子全歌集』監修、解説を書く。妙子未刊歌集『をがたま』を編集、全歌集に加える。短歌新聞社の短歌現代歌人賞選者となる。

昭和六十二年（一九八七）　七十一歳。第五歌集『黛樹』（短歌新聞社）刊。「文化としての短歌と歌人」執筆（『女歌人小論』第二巻）。青森県短歌大会の講師に招かれ、下北半島をめぐり恐山を訪れた。監修した『葛原妙子全歌集』（短歌新聞社）刊。

昭和六十三年（一九八八）　七十二歳。歌誌「石疊」二十周年記念号（二十巻第四号）及び祝会をもつ。『石疊合同歌集』出版。福島県文学賞選者となる。

昭和六十四年・平成元年（一九八九）　七十三歳。ＮＨＫテレビ短歌講座を担当。放送及びテキストを執筆。

平成二年（一九九〇）　七十四歳。『昭和文学全集』（小学館刊）に作品収録。季刊誌「現代短歌雁」（十六号）森岡貞香特集を組む。

平成三年（一九九一）　七十五歳。第六歌集『百乳文』（砂子屋書房）刊。『黛樹』重版。

平成四年（一九九二）　七十六歳。歌集『百乳文』沼空賞となる。受賞の日に、九十七歳の母よりの五首の祝歌を受ける。斎藤茂吉短歌文学賞及び詩歌文学館賞の選者となる。沖なも著『森岡貞香の歌』（雁書館）出版。

平成五年（一九九三）　七十七歳。ＮＨＫ学園広島短歌大会にて講演する。「表現における単純化ということ」。

平成六年（一九九四）　七十八歳。二月、母九十九歳となるも死す。

平成七年（一九九五）　七十九歳。歌誌「石疊」創刊以来の表紙画を担当された版画作家吉田穂高急逝。石疊の会員と出羽の月山、湯殿山、羽黒山、ミイラ寺を訪れる。夫の五十年回忌法要を営む。

平成八年（一九九六）　八〇歳。「岡井隆『神の仕事場』を読む」の座談会に加わる（ライブ版を砂子屋書房より刊行）。新潟の夕霧賞当年度選者となる。靖国神社献詠歌会選者となる。夏休暇の璋と妻美惠子同道で最上川の河口から大石田まで茂吉の跡を訪ねる。

平成九年（一九九七）　八十一歳。季刊「女人

短歌」と女人短歌会を解散することにし、四月の総会に計った。終刊に昭和二十四年創刊以来の活動と、その業績の資料本を編集して、十二月に刊行。「塔」の夏季大会に出席。北上の詩歌文学館に詩歌文学館賞選者として出席し、啄木の生家を訪れる。歌集『白蛾』文庫本となる（解説・小池光　短歌新聞社刊）。歌誌「石疊」創刊三十周年記念合同歌集を出版し、祝会を開いた。

平成十年（一九九八）　八十二歳。NHK学園東北短歌大会に出席。「日常の歌」について講演。仙台の雨の七夕の日。「短歌人」夏季大会に出席。この頃より森岡貞香宅にて月一回年表の会（秋山佐和子・今井恵子・佐伯裕子・西村美佐子・花山多佳子）。

平成十一年（一九九九）　八十三歳。「女流作家シリーズ」（角川書店刊）二十四巻『現代女流詩歌集』に作品収録。歌人クラブにて講演。八月、横浜駅で右手首骨折。十二月、関西歌人集会に招かれ話をする。

平成十二年（二〇〇〇）　八十四歳。原阿佐緒賞選者となる。『定本森岡貞香歌集』砂子屋書房より刊行。現代歌人協会より現代短歌大賞を受ける。十二月、第七歌集『夏至』（砂子屋書房）刊。

平成十三年（二〇〇一）　八十五歳。三月、『定本森岡貞香歌集』出版を祝う会（アルカディア市ヶ谷〈私学会館〉）。歌集『夏至』斎藤茂吉短歌文学賞をうける。七月、第八歌集『敷妙』（短歌研究社）刊。国立西洋美術館所蔵の絵画（クロード・モネ黄色いアイリス）に歌を添える。「塔」四月号で特集「森岡貞香の世界」が組まれる。

平成十四年（二〇〇二）　八十六歳。妙高高原

を度々訪ねる。帰途に修那羅峠を訪ねる。十月、『葛原妙子全歌集』（砂子屋書房）刊行に尽力する。

平成十五年（二〇〇三）八十七歳。現代歌人協会シンポジウム・京都に出席。六月に物が二重に見え眼の検査を受ける。ストレスと過労との判断、八月に回復、鍼治療に通う。

平成十六年（二〇〇四）八十八歳。六月、息子の車に同乗中追突される。六ヶ月間首が痛む。八月に出羽三山と鳥海山に旅行。十一月、伊勢伊良湖方面へ旅行。

平成十七年（二〇〇五）八十九歳。五月、仙台へ義兄の見舞に行く。六月、ＮＨＫ出演。七月、エゾゼミを探して妙高へ。八月、夏バテして点滴を受ける。秋に召人の内示を受ける（息子八月より朝日カルチャーセンターへの車での送りを開始）。中野昭子『森岡貞香』（短歌研究社）刊。

平成十八年（二〇〇六）九〇歳。一月十二日、歌会始（皇居）に召人として出席する。三月に義兄（夫の兄）死亡・仙台の葬儀に参列。四月に庭でつまずき腰を痛める。整形外科に二ヶ月通う。五月に現代歌人協会シンポジウムに出席（学士会館）。現代歌人協会名誉会員に推挙され就任する。

平成十九年（二〇〇七）九十一歳。五月、ＮＨＫ学園短歌大会（伊香保）で講演、選者をつとめる。六月より歯科通院開始、十二月に義歯ができる。

平成二十年（二〇〇八）九十二歳。三月、咳がひどく気管支カタルとの診断、三月中、朝日カルチャーセンター（横浜）休む。四月、歌誌「石疊」創刊四十周年記念合同歌集出版。六月より足のむくみひどくなる。八月に回復するが暑さで体調崩し八月のカルチャーを休む。十一月、眼底出血、黄斑変性症との診断、落ち込む。十二月、鍼治療を再開。
平成二十一年（二〇〇九）一月、森岡貞香監修『女性短歌評論年表』（砂子屋書房）刊。一月三十日、東京にて逝去。行年九十三歳。七月、「石疊」終刊号が発行。
平成二十二年（二〇一〇）遺歌集『九夜八日』（砂子屋書房）刊。塔六月号にて特集「森岡貞香」が組まれる。八月、『少時』（砂子屋書房）刊。
平成二十三年（二〇一一）九月、『帯紅』（砂子屋書房）刊。明治神宮にて花山多佳子講演「森岡貞香――戦争と実存」。十一月、「森岡貞香を語る会」開催。
平成二十四年（二〇一二）六月、『森岡貞香を語る会』森岡璋編（砂子屋書房）発行。

この年譜は「石疊」終刊号（2009・7）の「森岡貞香　年譜」に遺歌集出版ほか、いくつかの項を補足したものです。
この年譜編集にあたり引用・参照した主な資料は次の通り。
・季刊誌「現代短歌雁」（第十六号一九九〇年一〇月　雁書館）特集・森岡貞香「自筆年譜」
・『定本　森岡貞香歌集』（二〇〇〇年七月　砂子屋書房）後書「略歴」・森岡璋「覚書」

掲出歌一覧

『白蛾』

うしろより母を緊めつつあまゆる汝は執拗にしてわが髪亂るる　17・18
拒みがたきわが少年の愛のしぐさ顎に手觸り來その父のごと　17・19
あまえよる子をふりほどきあひし眼のぬるめる黑眼よつと捕はれぬ　17
力づよく肉しまり來し少年のあまゆる重みに息づくわれは　17・20
馳せ歸り走りいでけり汝の置きし熟梅はにほひあかねさす書　17
ねぐるしきひと夜の明けに愕然とかへる記憶あり蛾の伏すあたり　21
花瓶の腐れ水棄てしこのゆふべ蛾のごとをりぬ腹張りてわれは　22
生ける蛾をこめて捨てたる紙つぶて花の形に朝ひらきをり　22・24
くるしむ白蛾ひんぱんにそりかへり貝殼投げしごとし疊に　22・23
燈《ひ》あかるくくるしむ白蛾をみつつ思へば蕁痲疹のわれ面むき出しなり　22

われと子を一束にして抱き搖りし巨き腕かくこはばりいます　50
昨日のあさいでし玄關を一日經て入りゆくに既にいのちなきひと　51
わが夫が臭ひてはならぬになきがらのすべなさ棺さへ乏しくていま　51
黑鳥のむれにつくねんとわれがをりふとしざわめく聞けば葬なり　51
吾をめぐり子のたつる音やむなきをいこひのごとく思ひて日日　53
おとしめられ下駄の緒ゆるきを感じをり爪先に力湛へむとする　54
相手より低くあらむと下げし頭をもたげしときに憤りわき來つ　54
追ひたてられ調停裁判の控所に家主と會ひぬまなこそらさず　54
夫に死なれかつがつ生きゆくわれと子をあてはづれしごと人等よろこばぬ　55
未亡人といへば妻子のある男がにごりしまなこひらきたらずや　55
われの肉體もとめをるらしきこの男平然としてをんどりの話する　56
にがくにがき生甲斐と思ふうつむきて疊におかれし金を見てをり　56
うつくしきをとめ言へるに強力なる尾びれもてはたかれしごとし負けぬ　57
荒荒しく妹をゆすりてジャズソングやめさせしかどさみしき晩なり　57
つまらない世の中だなどと妹は泣きまねしてをりスカートをかぶりて　57

近よりざま足からませて來し吾子に胸とどろかせわれはつかまる　68

亂れあひまたしんとして野菊咲けりわが顔流れゆくごとき陽の中　68

蓋とぢし貝かも白きかけぶとんのうねうねとせるときに泣きをり　69

寝臺降りて小さき金だらひに洗ふ肢よ鳥とも纖く水たまりに立ち　69

くらがりにあけ放しの窗見ゆるとき黒き陸地のごとし仰臥は　69

『未知』

酸素ぞとゴム管かほの上に垂れてきぬ息のしづまり死なざりしかも　71

息あへぐわれに來しとき酸素ボンベ外形黒く重重しかりき　71

胸切りて泣き得る肺量を持たざりき悲しくなればまなこみはりき　72

ジェット機の金屬音かすめわれがもし尖塔ならば折れたかもしれぬ　72

ほのあかりいづくよりさし雨のなかうす青く急《はや》く流れき野菊は　73

ぬかるみは踏み場なきまで足跡がうごめきてをりきのふも今日《けふ》も　74

かぎりなくみみずもつれて地中より出でてをりそこにきのふは佇ちし　74

樹の下の水道つめたからむ脣つけてむさぼる緊りし音のきこゆる　75

水の出る蛇口がありて去りゆくと脣濡れてゐるあまたを見たり　75
公園の蛇口のしたたりも平凡となるまでをりぬこころやすらふ　75
わが肩に重くくもりの垂れてきてふとあふのけの金魚をりたり　77
ぬかるみは陽にかがやけりとどまれる影なるときにわれが佇む　79
近づけば電柱にのび上る身の影は吾をよびさますごとくうごきし　79
きつちりと手袋はめしわがまへに胴黒き電柱立ちてゐたりき　80
まだら陽に蕗の群落うごきをりかかるとき手足かぼそしわれは　82
メーデーの列切れしときふきぶりのかうもりの中黄薔薇《ばら》を持てり　82
聲變りして母喚ぶわれの少年をひるのうつつに怖れるものか　83
魚を埋める穴を掘りをり海洋が汚されしかば旣にかかはる　83
いつさいがのろのろとして眞晝なり消費されゆくこころいちじるし　83
ここ突然坂になりゐてわれは佇ついづくを來しかかかる白晝　83
草むしりをれば醜《みにく》き地蟲らとしきりにあひぬ生きる仕事欲しき　86
かぎりなく群れつついつか減《へ》りてをり群衆といふはとどこほらざる　86
暗渠よりとどく水音流れあへぬものあるらしきすこしくるしき　87

うつうつと透き立つビルにかぎりなく人はむれつつ見ればかぐろき　87
鐵骨をかこひて幕のつらなりのひまなくうごく街よひもじき　87
この夜に建《た》つがらんどう青き火に顯《た》ちつつすさめりわれら棲《す》む都市　87
編みて寝る垂髪に棒の感じあり息づくときにわれはせばまる　89
戰爭と結婚と過ぎきめぐりいま高校生汝と常備軍有用論老父《ちち》と　90
垂直のさみしきに似ぬ早婚にてみじかき同棲にてわれが産みにき　90
人のむれはすぐにさへぎるまだ明き夕街にふと別れてしまふを　91
黑き學帽の子は前方《まへ》をゆきいつさんに雪のふる晩こころただよふ　92
雪積みてなほふる夜更け足跡に翳《かげ》生《あ》れながらわれと子ゆけり　92
燈をつらね電車かたみにつきしかば相聞のやうなりわれはめまひす　93
ゆきずりに赤き電話が空《あ》きながらわれ近づかぬとき戀ひてゐつ　93
たれはいまわれにをらざりめのもとの空しさにつく未知よときのま　97

『甃』

みのむしをついばみゆきし鵯《ひよ》のこと星ちりばめて裸木立てり　100

抵抗をはらめる都市群　ちひさなるとも愛戀のことを信ぜむ　100

われの見ぬその部屋よあなたは夜を眠るふしぎになりて涙がにじむ　101

何といふ白き急坂の現れてをり都市のとほくして發電す　102

雲光り斷崖に暗き時間あり巨き工事のいつよりと知らず　102・103

うす赤き川はひびきをあげてをりけふ流れて鑛毒ふとし流れゐる　102・103

何色なく火力發電所は天邊の思ひすめぐりに灰處理場あり　102

水母《くらげ》らはたぎちて死ねり灰沈澱池に行く海水は金網を過ぎ　102・104

タラップは未還の領土に觸れてゐてぼうぼうと熱き夜あり　105・106

有刺鐵線にかこまれながら熱き夜　言葉のなかに日本語低し　105

さながらにして苦しめりをみなの髪亂れみだれて戰爭に死す　105

走路より發《た》ちたりしとき眞下になり息絶えし額の白さありき　105

機にねむり下方なる南支那海にをみなの髪の漂ひてわれ　105・107

もつこになふ勞働者群より黄の埃吹きあげてをり城門のあり　109

城壁に沿ひて大溝掘られつつ賑ひて人手限りしられず　110

工人群の青衣つよくし流れつつひとときの逆流するは旅びと　111

夜の胡同は息のごときしろき甃《いしだたみ》あゆめれば歩みくるは翳《かげ》濃きむかしか　111

北京監獄思想犯半數を占めることリラ咲く前庭を持てること　112

大運河に沿ひつつ夜行すわが少年の父の受彈地は黒きふくらみ　112

電話に出でし母の足許に座りつつ戰死かと問ひ身ぬちふるへぬ　113

夜の霧の湧き出づると思ふにも人合庄夜襲戰　人の叫喚　114

生きながら一隊は進みしか舊黄河の床に巨石はころぶ　114

ぼろぼろになるまで地圖を見き戰爭のあはひに產みにき愛戀なりしや　115

幾千の兵隊の死を見据ゑたる瞳は　ちちの瞳の空きにける　116

肉親のひとり滅びにし悲しみにその意味傳へてよわれは子なれば　116

慘として熱き渚に死にてゐる今も死にてゐる上陸戰に率てゆきしより　116

沙魚《はぜ》が目をみはり手許に上り來《く》とちちは言ひにき死なんとして　116

葬列を堰きたる貨車のいづこ行く思へば砲を積みたるならむ　118

錄音テープの切屑ぬめらに溜りたり切屑のなかにも聲はひそむを　119

錄音テープつなげる薄き軋《きしり》にてわたしは黄ばむ記憶のやうに　119

動搖する聲のきれぎれ群衆の音を錄せりき罪ふかきまで　119

『珊瑚數珠』

ふる雪に光りふるひゐるまんじゆしやげそれはあそびに遠きひとむら 123

戸のすきより烈しくみえてふる雪は一隊還らざる時間のごとく 123

すぎし人すぎし日網羅して雪ぞふる　けふきさらぎのすゐつかた 124

けふ髪をあらふ流水のとよみの中人立ちて渡河をぞ喚ぶ 125

陰立ちの美しきなり明けとなりてさまよへる樹は樹の中に入りし 126

寐むとしてさみしきゆゑに人間の茂りのさまのひしひしとせり 126

ひあふぎの鳥羽玉にしていま跳べばうつくしき空合の下に着かむか 127

つきのよるしろくたふれし道のうへ出で來しわれの散歩してをり 128

今日もむかし夏のゆふべに倒れゐる空罐に雨かがやきてふる 129

樹の茂る墓地の日陰を踏みつけてゆけばわれより憂愁の去る 130

髪すこし亡體《から》よりとりしは見さかひもなかりしこころわれは寂しゐ 130

戀ひおもひともすときに何故かくも現前に石だたみ崩れゐる 131

小休止の影溜めたりし一隊のいまは居なくに皮具のにほふ 131

照りつけてかがやく墓石よりすさりけりへだたりて見るはかなしまむため 132
晝ふけて人さまざまにある車中われは珊瑚の數珠をたづさふ 132
藍菫菜の花咲けるあかるさの戀ほしかるともけふ過ぎてゆけ 136
僵《たふ》れゐる人のところに行きつきたくゆめと知りつつあへぎたり 136
ふくらかなる野鳩去りゆきてその後にまた一樣の荒庭ありき 137
輪かざりを掛けしわが門晝ふけてこの藁しべのために風來し 138
ふるき車體の捨ててあるところ天人奏樂の天上畫をおもふなり 139
沼べりの一樹が千の股見えておどろくべし　文章に似ぬ 140
みちのくに雲集るひと夜《よ》を泊《は》てしわれ口中に鯉のにほひす 140
棺の位置あらたまりたる座敷より雪積む庭の見えてあかるし 141
ゆふまぐれ二階に上る文色《あいろ》なきところを若《も》しかして雁《かりがね》わたる 142
軍手もて燒け跡を搔くときありき疲れしゆめのなかなるごとく 143
よもすがら焦げし臭ひのたつ髮毛かがまりにつつわれは否まず 143
炎上せる家ゆ走りいづる罪ふかき影のごときのわれまぬがれず 143
悲しむといふ力さへ缺きしかとおもふこよひに雨しづかふる 144

『黛樹』

樹の下の泥のつづきのてーぶるに　かなかなのなくひかりちりぼふ　148

遺されて圖嚢のなかの色鉛筆　百日紅の花の色あり　149

いまはまだ落葉のうへをあゆみゐるねむりに入らむ大き雌蕋　150

ゆふぐれに薔薇の落葉を踏み歩く僕《しもべ》のごとき蕋をあやしむな　150

採食の一群啼きながら水のうへそのこゑの一色《ひといろ》にあらずも　151

とほき日に生きゐし名前を喚ばむとす水のうへ水鳥の水音のたつ　151

蹼《みづかき》の甘美なる血流により水の上を走り空へ行きけり　151

沼につづく薄き明かりにぐわんぐわんと啼きながらに天《あめ》ゆくものよ　151

啼きながら天ゆくこゑは水草の香ふくちばしをいかにあけゐる　151

脚折れし馬は殺すとふ　殺さるる馬のたましひの立ちてゐるにも　152

牢愁とはこのやうにありわが下半身石膏繃帯の冷たく堅く　153

存在の鑄型となれるものギプスのわたくしを人訪ひたまふ　154

ゆきのふる道の此方にたふれしは他人のごとくわれのさみしゑ　154

空晴れて近づく夜は見えざるに甲蟲の飛ぶいたくさみしく 155
新萌の欅木立にカ音もて入りこむものが鴉にてある 155・157
青き空にさくらの咲きて泣きごゑは過ぎし時間のなかよりきこゆ 156・157
染井吉野咲きしづもる日に兵隊の悲をかもすなる喇叭のひびきも 157
しろじろと櫻立てりけり空襲の飛行機音に走り出でしかば 157
ヤチダモの木立に入りて母の言ふここにて寫眞に入りたしとぞ 158
ヤチダモの林のなかにてわが母は面輪を奥にむけゐるしとおもふ 158
椅子に居てまどろめるまを何も見ず覺めてののちに厨に出でぬ 159
ゆふかたにかけて久しく煮こみゐる大き魚はかたち沒せり 159

『百乳文』

今夜とて神田川渡りて橋の下は流れてをると氣付きて過ぎぬ 163
きのふまたけふ厨の方へ行かむとし尻尾のごときを曳きてをりけり 164
大鉢を引き摺りにつつ薔薇の繁りを連れて敷き瓦のところに來たり 165
をみな古りて自在の感は夜のそらの藍青に手ののびて嗟《なげ》くかな 166

われが淵といふ名をもちひむかとおもふ　横切るはひとつ幻影　166
きらきらとふるこの雨は電話口に出でている間にふりはじめたる　167
高尾までことしの八重ざくらのおとろへを見にゆかむとて思ひ立ちし日　168
十三夜の月さし入りて椎の實のころがる空池《からいけ》のなかのあかるし　168
らうれるの香《にほ》ひよき葉を時間《とき》かけて摘みてをりたり忙しき日に　169・170
とほめがねはづしてあへるげんげ田のくれなゐけふのはやち風過ぐ　170
葦むらをへだててをりて啼くこゑの葦つつぬけにひびきたりしが　170
朝かれひをはるころ雪の亂れては鳥に佛飯を投げるやう降る　170
雪ふりつつ空池あたり雪片のひとつひとつに影のつれそふ　171
たれも居らずとおもひて雪のふるけふを在《あ》らばとてわが怪しみもせず　172
たとへていはば守勢にあらむ一部屋をかくも片付けたるきのふけふ　172
亡ぶるも羽なる骸《むくろ》かろがろと箒の先きを日向へ飛べり　173
けれども、と言ひさしてわがいくばくか空間のごときを得たりき　174
母とゐて椀の蓋取りしやう霧の湧きたりここの山家に　175
痛み如何《いかが》と娘を冷やしつつ八十《やそぢ》の母水鳥のごと水盆ゆらす　176

人よりもしづかにありて秋の日にすずめは雀いろの風切羽を干す 176
子供らのあそびにまじる棒切れがそそのかしをりあそびながらに 177

『夏至』

見馴れざる車にて亡軀の戻りこし重たき音はむかしの春にて 179
限られし戰中と戰後の置きてありて昭和期をはる　いつしかと言はね 179
夜の風の其處にて消えぬ日比谷なる濠のみづのうへなる終り 180
待ちて居りしと人に言ひたるわがこゑをわれみづからも聞きてありたり 180
そら走り水鳥行きぬ逝く春に忌を重ねつつなに嗟くにか 180
黑きまでくれなゐの濃き林檎一個肩もりあがり凹みは深く 181
昨《きそ》ひと夜ゆたんぽ抱けば追熟といふべくわれのやはらかにある 182
切株に竝ぶ茸の傘などの音なく消えて冬の日は差す 183
つきよみにでこぼことしてなまめける石ころ道ありきもはや無き戰後 184
ありうべくもなき歡びに還り來ぬふたたびを還り來ざりし 184
行間にすきまもあらず赤えんぴつに書きこみてありき作戰要務令 184

しづかなる睦月ついたち話しつつ母の呼吸の荒れてきにけり　193

ははそはの母とわれとの日日とておのづから別れの淵へ行くべく　193

夕方の日差しとどきてへやの戸に立てかけありし母の杖倒る　194

すうえたあを胴に巻くなど雨冷ゆる日は流行にしたがふ人われ　194

『敷妙』

死にてゆく母の手とわが手をつなぎしはきのふのつづきのをとつひのつづき　197

わが母の九十九歳の齢《よはひ》をばちりばめたりき敷妙の屋《いへ》　197

どれほどか時間うごかしてそこに見る八十歳の母六十歳の母　198

雨つぶをうけたるやうにさみしさが服に著きてをりbrush《ブラシ》をくだされ　198

葉《えふ》と果《くわ》と入りくめるをくぐるは悦樂か出でこしときに尾羽の亂れて　199

高校生かつての汝のくぐりたる棘の木の搔き傷抜け道の愉悦　200

さしのぶる枝の數數のあるやうなるわが部屋にわがしりぞきをりて　200

うちなびく若葉のなかにこゑいづるもとより鳥の愉樂にあらむ　200

末枯れたるつるを引きたり狼藉ののちにむかごよと言ひつつひろふ　201

出できたり明日葉摘みて厨に入る　かくなめらかにロボットは歩まず　202

朝光《あさかげ》のひろびろしきに昨《きぞ》の夜のつきかげありしあたりを掃きぬ　203

日日のくりかへしのなか心臓のつと止まるとき鳥なども墜つ　204

幹に生ひ葉のひよやかにうすあをきそれだけを見てをりて思はる　204

『九夜八日』

吞川を覆へる道路ぬばたまの夜に白影に見えるあやしさ　207

覆はれて見えずなりゐる川なればここは吞川といひて道踏む　208

なつかしきのごときのよりそひ此のさきのことなつかしくわが思ひゐる　208

過ぎし日に見たりしが來む日にも見るならんついばみ直ぐに鳥去《い》ぬ　209

丸窗のやう大きなるガラス壜紫雲英草の花の蜜あり　209

舐めるといふことたのしみにありしかば大壜の中の蜂の蜜減る　209

山鳩とは相見ざるかな椎の木の下の落葉をあゆむ音にて　210

ごろすけとこゐによびやりぬ冷え冷えしきこの夕方に青葉に鳩啼く　211

雪消えの朝に來たりて羽ばたくは親しき者のやうにて山鳩　211

ふるにはの椎のあたりに飛び下りてこし山鳩の歩みはじめぬ　211

霧吹きの罍を持つわれ梅しろくにほふ下にて物を思はず　211

われならぬ水掻きの片方を掻きながらすいれんの葉のへりを過ぎにき　212

薔薇のつる雪の重みに下りゐしなほくだりこむと椅子にゐておもふ　213

あとさきの混みあふときを汝のくるま走れずなりぬわれもろともに　213

汝のくるま速力出でぬ　lace《レース》の如き花野菜の青き廣畑のへり　214

われ降りてもの言はぬまに汝のくるま消えてゐたりきうろたふあはれ　214

汝のくるま時過ぎたれば給油所の笠の中より此の方に來ぬ　214

かたはらに人のなにゆゑか長くゐて木の枝にては小さき枝光る　214

夏と言ひ歩みて夏のそばに戻る　百日紅も亡きも思へば　215

戰言葉《いくさことば》やうやく忘れてありしかどねむりのきはにともなふらしも　216

死と生と殆ど同じくありし日に愛戀のことちひさく深く　217

暑いなと目のまへにて言ふいかにこゑの肖る者が吾を見つつ言ふなり　218

しらしらと夜の終りなり山鳩のころがれるこゑけふのうつつに　218

薔薇の葉の失せて蔓のみあそびつつ山鳩は啼く變らないこゑ　218

核燃料を運ぶ車輛に會ひたる日の夜を月山の麓にねむる 229

踏むといふ力の弱くなりぬるを若く死にし者はかかることは知らじ 230

悲哀《かなしみ》この朝にあり鈍感の昨夜ありけり　からうじて私 231

てーぶるのうへに色色と置きてあり眠るべくまた覺めるべくわれ 231

蟬の穴あまた見しより取止めもなき夕べにて汗ばみてをり 232

戰後とふ言の葉を身寄りのごとく戀ふ戰後を生きて亡きを語りて 232

われの不圖よろけし時になつかしむよろける母の手を握りし日 233

悲しげな顔してをりしわれらしも汝は見て言ふ〝何か食べるか〟 233

森岡貞香の秀歌

二〇一五年一二月一〇日初版発行

著　者　花山多佳子
千葉県柏市松葉町四―一―七―一〇二（〒二七七―〇八二七）

発行者　田村雅之

発行所　砂子屋書房
東京都千代田区内神田三―四―七（〒一〇一―〇〇四七）
電話　〇三―三二五六―四七〇八　振替　〇〇一三〇―二―九七六三一
URL http://www.sunagoya.com

組　版　はあどわあく

印　刷　長野印刷商工株式会社

製　本　渋谷文泉閣